岩波文庫

31-223-1

明智光秀

小泉三申著

岩波書店

目次

緒　説……九
家系及び六年の周遊……一三
光秀と朝倉義景……二一
光秀、信長に仕ふ……二九
坂本拝領及び惟任氏……三六
新領地における恩威……四四
波多野征伐……五五
明智氏の盈満……七一

織田信長……………………………………七六
武田征伐……………………………………八四
饗応司及び死刑の宣告……………………九六
能条畑の叛旗………………………………一一〇
本能寺の襲撃………………………………一二四
京畿の仁政…………………………………一三三
山崎の役……………………………………一四一
結　論………………………………………一四八
小泉三申論……………………(橋川文三)…一五九
解説――『明智光秀』、一閃の光芒……(宗像和重)…一七五

明智光秀

明智光秀に序す

身をも名をも
　惜しまで果てし
もの丶ふの心知るべき
　婦美《ふみ》はこのふみ

丁酉五月

桜井無声

忙中閑を偸《ぬす》み、この編を作る。すなはちこれに序せんと欲し、筆を命じ、硯に対す。しかも遂にその煩に堪へず。南窓日暖かにして、睡魔頻りに誘ふあり、已《や》みなむかな。文を作るは肱を曲ぐるに如かず。時まさに丁酉五月十日。

三申居士識

緒説

本能寺の襲撃や、光秀逆を以て克《か》ち、山崎の一戦や、秀吉順を以て克つ。彼《か》の逆を以て克つもの、果たして非なる乎。彼の順を以て克つもの、果して是《ぜ》なる乎。けだし逆といふ、必ずしも至逆にあらず。順といふ、必ずしも至順にあらず。逆中に自《おのず》から順あり、順中に自から逆あり。「逆順無二門大道徹心源《ぎゃくじゅんにもんなしだいどうしんげんにてっす》」これ当年光秀が、小栗栖《おぐるす》の里に乱槍を被り、神気まさに疲れ、三寸息まさに絶えなんとするの時、心鏡廓然《しんきょうかくぜん》、紙筆を鉄衣の袖に求めて喝破したる言にあらずや。嗚呼《ああ》彼の明智光秀たるもの、豈《あ》に必ずしも「主殺しの大罪人」として、唾棄すべき人ならんや。逆順二門無し、万境何の差別かある。もしそれ実相の不動定《じょう》に坐し、妙悟の金剛眼睛《こんごうがんせい》を着けて、万有を平等斉観せば、底事《なにごと》かこれ善悪么麼《いずれ》か。これ順逆既に大道心源に徹す。すなはち無相法身なり。すなはち虚空同体なり。区々たる人生何かあらんや。栄枯禍福的これ一場の夢に過ぎず。苦楽生死、覚むれば不二の境たるのみ。光秀かつて懐を述べて曰ふ。「心知らぬ人は何とも言はゞ言へ、身をも惜しまじ名をも惜しまじ」と。丈夫《じょうふ》快心の事を為す、胡為《なんす》れぞ空名を顧るの遑《いとま》あらんや。彼の博浪《はくろう》の一撃を以て、漫《みだ》りに壮士を短と為すが如くんば、未《いま》だ人を評するの明なきのみ。俚諺《りげん》に曰く、盗賊もまた三箇の理由を有せりと。この言豈に半銭の価値無き乎。試みに思へ、弑逆《しいぎゃく》は大悪なり、その罪たるや贖《あがな》ふ莫《な》し。その人におけるや容《ゆる》さず。その法に在るや赦す無しといふ。いはんや「忠」の一字を以て、武門無二の至宝と為せる戦国時代に当り、いやしくも思慮あり、鑑識ある者、誰れか好んで罪悪の犬馬となり、不臣の門に趨《おもむ》くを為《な》さんや。しかも光秀桂川に鞭を揚げて一呼すれば、三軍一万の兵士、決死先を争うて本能寺に鼓噪《こそう》せし所以《ゆえん》のもの、豈に啻《ただ》に光秀能《よ》く士卒の心を攬《と》りしが故のみならんや。個中別に一大情理の存するあるは、けだし何人もこれを想像するに余りあるべし。茫々たる上下三千載の歴史中、悪を作《な》し、逆を犯せし者、その人に乏しからず。しかも醜名悪声を被ること、光秀の如きは稀なりと為す。彼れ豈に悪逆無道、他の忍ぶ能《あた》はざる所を忍びて然《しか》る乎。頭《こうべ》を回《めぐら》せば、星霜推移四百年ならんとす。紛糾極りなき当時裏面の真相・実蹟は冷眼なる歴史家の禿筆《とくひつ》に誤伝せられ、埋没せられ、抹殺せられ、雲烟漠々《うんえんばくばく》として終古終《つい》に捕捉し難からんとす。吾人史を読む毎《ごと》に、冤枉《えんおう》を苔石の下に呑みて、永世眠る能《あた》はざる英傑・偉人・義士のために一掬《いっきく》の暗涙《あんるい》を灑《そそ》ぐを禁ずる能はざることあり。しかして明智光秀の為人《ひととなり》を念《おも》ふに至ては、特にその心事の悲しむべきを悲しみ、悪名の酷《はなは》だ過ぎたるを愍《あわれ》まずんばあらず。灯前一夜古《いにしえ》を懐《おも》ふ。英姿清俊の偉丈夫、水《みず》色桔梗《いろききょう》の九本旗、彷彿として眼を遮《よ》ぎるあり。すなはち慨然として「明智光秀論」一編を作らんと欲し、而後《じご》閑《ひま》を偸み、いさゝか諸史に討求《とうきゅう》する所あり、偉人史叢の臨時発刊として、この編を出すに至る。或はこれを破格として誚《せ》むる者あらんといへども、微意の存する処、けだし本編を一読する諸君の諒とするあるを信ずる也。

家系及び六年の周遊

土岐源氏　明智氏の称号　光秀の父　新編纂図土岐系　明智系図　若狭守護代年数　明智家の嫡男　光安　宗宿　光秀文武を学ぶ　斎藤義龍その子龍興の為めに弑せらる　宗宿孤城を守る　宗宿の遺言　光秀叔父と共に死せんとす　光秀城を出づ　宗宿死す　薄倖の不遇児　諸種の問題　一条の活路　或曰　四方の周遊　桂能登守光秀を試む　毛利元就と光秀　或曰　六箇年の武者修行　旅中の所得　長崎の閑居

明智光秀は土岐《とき》源氏《げんじ》の支族、美濃国明智の主下野守《しもつけのかみ》光綱《みつつな》が嫡子なり。土岐源氏は、鎮守府将軍源頼光《よりみつ》七世の孫、伊賀守光基の子、土岐美濃守光衡《みつひら》を以て祖となせり。文治年間、光衡、頼朝の命により、美濃国の守護たりしより、子孫相伝へて同国を管領しき。光衡より五世、土岐伯耆守《ほうきのかみ》頼清の第二子頼兼、可児《かに》郡明智に住し、明智を以て称号と為せり。頼兼七世の孫、十兵衛尉光継に二子あり、光綱・光安といふ。光綱下野守と称す。不幸にして早世せり。これ実に光秀の父なり。

参考　「新編纂図土岐系」には、頼清の子に頼兼なし。伯耆守頼清の四子九郎頼基の長子、彦九郎頼重明地《あけち》と号すとあり。また「明智系図《あけちけいず》」に、頼重八代の孫、上総介《かずさのすけ》頼尚の長男、兵部少輔頼典不道なるを以て家を譲らず、その弟頼明を以て嗣となせり。頼典の子、監物助《けんもつのすけ》光国、その子光秀美濃国可児郡明智に住すとあり。また「若狭守護代年数」に云ふ。光秀は若狭小浜の鍛工、冬広の二子なり。幼より鍛工を嫌忌し、近江に往き、佐々木氏に仕《つか》へ、明智十兵衛と称す。使者となりて尾張に赴くや、信長その言語鮮明にして、進退度あるを愛し、請うて以て臣となすと。

清和源氏の名流、土岐氏の一族たる明智家の嫡男は、資性穎悟《えいご》・俊秀、幼時既に凡庸の器にあらず。好んで書を読み、武を学べり。叔父光安は、兄光綱早世し、嗣子光秀幼沖《ようちゅう》なるを以て、入つて明智家を継承せしが、深く光秀の異材を愛し、天文十六年光秀年甫《はじ》めて十六にして、加冠の礼を行ひしを期とし、勧めて家を譲らんと欲し、剃髪して宗宿と号せり。然れども、光秀世事の纏綿《てんめん》を厭うて、箕裘《ききゅう》を襲《つ》ぐを肯《がえ》んぜず、その意時世に鑑みて、専《もっぱ》ら文武を研究せんと欲する也。宗宿また強《し》いてその志を奪はず、すなはちまた摂政して光秀をして好む所に従はしめき。

既にして弘治二年四月、美濃の国主斎藤義龍《よしたつ》、(当時明智氏の宗家たる土岐氏は已《すで》に滅亡して斎藤氏これに代りし也)その子龍興《たつおき》のために殺さる。時に明智氏は、義龍の幕下に属せしを以て、宗宿入道義を唱へて龍興に屈せず。龍興大《おおい》に怒り、鋭を尽して来つて明智を囲みぬ。

宗宿孤城を嬰守《えいしゅ》して能《よ》く防ぎしといへども、奈何《いかに》せむ、衆寡敵《しゅうかてき》せず、刀折れ、矢尽き、まさに城を枕に討死せんとす。しかして光秀に謂《い》つて曰く、孤城終《つい》に保つ可《べか》らず、我れここに戦歿して義を全うすべし。汝それ自重身を全うして父祖の名を辱《はず》かしむるなかれ。我が子弥平治光春・次郎光忠また汝に托して後栄を祈る也と。光秀時に年二十五、血気まさに熾盛《しじょう》にして、雄情はなはだ逸せり。今日何ぞ身を逃れて叔父の戦死を看過すべき、言を尽して死を倶《とも》にせんことを乞ふ。光安陽《たけ》り怒つて曰く、汝にして徒らに戦死せば、土岐源氏の家名は、何人か能くこれを起さんや。生は難く、死は易し。大丈夫その難きを択ぶ能はずんば、まさに溝壑《こうがく》に入つて泥土と共に朽ちよかし。我れ決して至愚汝が若き者と死を倶にする能はざる也と。辞色共に励《はげ》し。光秀翻然として悟り、暗涙《あんるい》を呑みて叔父の言に服し、すなはち族を携へて城を出で、京師《けいし》なる知るべの許に寓居せり。

宗宿は光秀を去らしめて後、潔《いさぎ》よく刃に伏せり。光秀は叔父の勇ましき戦死を聞き、しかしてその慈愛深き遺訓を服膺《ふくよう》して、半夜涕涙《ているい》の滂沱《ぼうだ》たるを禁ずる能はず。情感こも〴〵迫り、慨然として四方《しほう》の志あり。

幼時父母を喪ひ、夙《つと》に人世の辛酸を味ひしの人は、今やまた敗軍の将、亡国の士となりて、江湖に落魄せり。眷族左右に在り、貧困日に来る。春秋二十五の壮士燃えんと欲する血気の勇を強圧して、四囲の艱難に当らんとす。この時俯仰《ふぎょう》何の情をか惹《ひ》く。光秀もまた薄倖の不遇児にあらずや。

如何にして数口の眷族を養はんか。如何にして叔父の遺訓を全うせんか。如何にして戦国乱離の間に処せんか。かくの如き諸種の問題は、薄倖なる光秀に迫りてこれが解釈を促せり。群雄四方に割拠し、賢を待ち、士を求むるに急なるの時、光秀の異材を以てして強て售《う》らんと欲せば、豈《あ》に妻孥《さいど》に儋石《たんせき》の安を与ふるを難しと為《な》さんや。しかも徒らに鷹犬《ようけん》となりて、小康に足るは抱負ある者の肯《うべな》はざる所なり。一時の功に急にして、百年の名を思はざるは、謹厚なる人の忍び難き所なり。能《よ》く冷に、能く静に、天下の形勢を達観してしかして遂に一条の活路を蒼莽《そうもう》たる荊蓁《けいしん》の中に求め、断乎意を決して妻孥を京師に留め、光秀惟《ひと》り飄然孤剣を杖ついて去る。去つてはたいづれに行く。行いてはた何をか為す。

或曰く光秀京師を去るに臨み、嵯峨天龍寺に従弟光春・光忠及び妻子を托せんとす。妻女堅く同行を乞ふ。すなはち光春等を天龍寺に遣はし、妻女と共に征途に上れり。

弘治二年十月下旬、しばし住み馴れし花洛を背にし、ゆくへ定めぬ旅程に上りし光秀は、先づ越後に赴きて、不識庵の弓矢を目撃し、転じて奥羽七州の山河を跋渉《ばっしょう》すれば、蘆名・大崎・伊達・南部等の諸豪兵を連ねて干戈《かんか》熄《や》む時無し。踵《くびす》を回《めぐ》らして下野《しもつけ》より、常陸・下総・安房の諸州を徘徊し、結城・佐竹・千葉・里見氏等の政治を観察し、相模に北条氏の威風を窺《うかが》ひ、箱根路超えて駿河に今川義元《いまがわよしもと》の武備を尋ね、舟路伊勢に航しては、北畠氏が治乱の跡を討求し、更《さ》らに江州・泉州・播州の地利人情を巡察し、やがて美作《みまさか》の国より出雲に転じ、尼子《あまこ》晴久《はるひさ》の家法を問ひ、周防《すおう》の国に立ち超えて大内氏の旧城を一覧すれば、実にこれ鎮西無比の要地として、左京大夫義興《よしおき》能く四隣の強敵を圧し、一たび義稙《よしたね》将軍のために義兵を起し、京師に逆徒を屏息せしめて、管領の重職に補せられ、武略一時天下を風靡せしも、義隆の時に迨《およ》び、家臣陶晴賢《すえはるかた》に弑《しい》せられ、山河依然として緑りなるも、当年の威武杳《よう》として影なく、累世の名門、今はた安《いずく》んか在るや。然《しか》るに奇兵を以て、一戦晴賢を誅し、大内氏に代りて防・長二州を并呑せし毛利氏の勢力、また盛なりと謂ふべし。この時この人、目を挙げては前程の悠遠なるを見、首《こうべ》を回《めぐ》らしてはそゞろに帰期の測らざるを思ふ。一日山口の城下を徘徊し、毛利氏の戍卒《じゅそつ》に怪《あや》しまるゝを為し、遂に拉《らっ》せられて城中に入りぬ。

　毛利家の長臣桂氏時に山口城に在り。怪しき旅人を捕へたりとの部下の報告に由り、出でゝその人を見れば、光秀は明快にその本国姓名を告げ、かつ四方周遊の士なるを弁解せり。桂氏試みに諸国の風土及び群英雄の状況を推問すれば、光秀智弁淀みなく、天下の形勢を説き、諸国の見聞を語る。言々皆な嶄新《ざんしん》爽快の論なり。桂氏深くその材を嘆賞し、また敢て疑を挟まず、厚礼を加へて客館に休息せしめ、状を芸州の元就《もとなり》に報じ、慇懃に光秀の異材を推挙せり。元就すなはち光秀を芸州吉田城に見る。しかも終《つい》にこの一奇傑を容《い》るゝ能はず、時服・黄金を与へて国を去らしめき。

或曰く、元就、光秀を吉田に見るや、光秀の頂骨突出して、梟雄《きょうゆう》の姿あるを忌み、かくの如き者は主家に祟るなりとて、領外に去らしめたりと。

光秀芸州を去りて後、豊後・肥前・肥後の山野を跋渉して、親しく大友・龍造寺《りゅうぞうじ》諸氏の兵法を一見し、更らに海路四国を巡遊して、紀伊国に出で、熊野路より吉野山に登りて、南朝五十余年の昔を偲び、阿保山《あおやま》越えて伊勢国に至り、再び近江路を経て京師に帰れば、星霜推移夢の如く、永禄もいつしか四年となりけり。

六箇年間の武者修行に、光秀が如何に櫛風沐雨《しっぷうもくう》の辛酸を嘗《な》め尽《つく》しゝかは、けだし想像に余りあるべし。しかして光秀が、この間に得る所、また実に莫大なるものあり。山河到る処、武備を観察し、政治を調査し、或《あるい》は交りを英雄に求め、或は技芸を能士に学び、地理・人情・風俗の微細を研究すると同時に、旅窓灯を挑《かか》げて書を読み、文を学び、刻苦研鑽、具《つぶ》さに至る。彼の築城・軍学・鉄砲等の名手として、はた典故・公事・文学の精通として、後年信長の幕下に嶄然《ざんぜん》頭角を見《あら》はすに至りしものは、疑ひもなく、この六箇年の旅程に、素養せし所たる也。しかしてその旅中の交遊・見聞・孤苦・窮愁が如何に光秀の謹厚を資《たす》け、堅忍を資け、識度を資けたる歟、その技芸に修養を加へたるが如くその心術もまた至大の鍛錬を得て、人物風采、宛《えん》として別箇の光秀を作れるや、また疑ふ可《べか》らず。しかも少壮有為の六箇年を、空しく羇旅の窮愁に消費し、敝衣《へいい》残衫《ざんさん》、依然たる当年の不遇児として妻子眷族に見《まみ》ゆ。胸中豈に多少の感慨莫《な》からんや。けだし光秀が家国の滅亡に会ひ、失意の極に陥れるに当り、毅然として屈せず、断乎として疑はず、七寸の草鞋三尺の孤剣、六星霜の久しき四方を周遊し、近く功名を馬上に求むるを為さずして、遠く栄達を自己の修養に期せしものは、すなはちその大志堅忍、決して尋常の群に非ざるを証すべき好箇の材料なりと謂ふ可し。

光秀年既に三十、意盈《み》ち、心健《すこや》かなり。しかも堅耐なほ漫《みだ》りに售《う》らんことを希《ねが》はず、冷静の眼光を天下の形勢に放ち、戢翼雌伏《しゅうよくしふく》、偏《ひとえ》に晩成を期す。すなはち彼の嵯峨天龍寺に托したる一族を携へ、矢脊《やせ》の山路や、芹生《せりょう》の里越えて、遠敷《おにゅう》の山より越前敦賀に出で、舟路、坂北郡三国《みくに》の津に上陸し、同郡なる長崎称念寺の僧、園阿《おんあ》上人は、予《か》ねて相知れる間なれば、これを便りて久闊《きゅうかつ》を叙し、寺門の一小屋を借りて、閑居書冊を友とし、従弟二人に文武を教へ、かつ里童に句読を授けて、徐《おもむ》ろに風雲の会を俟《ま》てり。

光秀と朝倉義景

朝倉義景　光秀、義景に仕ふ　加賀国の一揆　光秀の砲術　或曰　砲術の試験　百発百中　英雄風木の歎　愚昧なる諸老臣　三国の津　御島神社　御島の七絶　百韻の連歌　潮越の根上り松　三十一字　山代の温泉　風流はなはだ閑也　飛檄　形勢頓に変ず　鞍谷嗣知　織田信長　龍興、義景に憑る　光秀と龍興

越前の国主朝倉義景《あさくらよしかげ》は、その本城を一乗が谷に構へ、累世の武威四隣を風靡せり。今やその領内長崎に、明智光秀なる者の閑居せるを聞き、人を遣はして慇懃に幕下《ばっか》に招けり。光秀は朝倉氏が、孝徳天皇の皇孫、表米親王《うわよねしんのう》の遠裔《えんえい》たる名家たるを知り、しかして先祖朝倉敏景が、義政将軍より越前国を拝領し、文明三年五月、一乗谷に居城

を卜《ぼく》してより、今に及んで五世百余年、連綿たる当国正統の領主たるを以て、これが幕下に属するも、また決して恥辱にあらざるを思へり。故にその招かるゝや、欣然《きんぜん》草廬を出で、義景に仕へ、五百貫の地を受領するに至りき。

永禄五年の秋、加賀国の一向宗徒蜂起し、朝倉氏の領地を侵掠するあり。光秀は、義景に従つて出征したるが、その献策ことごとく功を奏し、かつ砲兵隊を組織して、大《おおい》に敵兵を撃破し、手づから敵将一人を銃殺して、戦功第一と註せられたり。義景すなはち鴇《とき》の駿馬を賜ひ、その戦功を激賞しぬ。

或曰く、朝倉氏加州の一揆を防ぐに当り、光秀は戦場に臨みて、両軍の合戦を傍観せしに、一夜敵兵の襲ひ来るべきを察し、朝倉氏の将、朝倉景行《かげゆき》の陣に至りて注意を与へたり。景行は疑ひながらも、用心に如《し》くことあらじと、不虞《ふぐ》に備へて居りしに、その夜果して敵兵の来るあり。時に光秀越前の軍兵に交り、敵将坪坂伯耆守《ほうきのかみ》を銃殺せしかば、余衆終に大に敗走せり。景行大に光秀の智勇を信じ、義景に薦めて幕下に致さしむと。

この一戦における光秀が鉄砲の功名は、深く義景をして感服せしめたり。しかも光秀万艱《ばんかん》の境を経て、思慮已《すで》に円熟し、恭謙以て自ら持し、敢てその功に誇るなし。義景益〻能士を得たるを喜び、しばしば召して古今の兵談を聞き、諸国の形勢を聞く。光秀応答響の如く、意を傾けて能《よ》く臣節を尽くせり。故に君臣の情交日々に新たにして、ほとんど十年の旧知の如し。永禄六年の夏、義景命じて光秀の砲術を観る。光秀喜んで命を拝し、諸奉行印牧《かねまき》弥六左衛門と謀《はか》り、地を安養寺の境内にトして射垜《あずち》を設け、四月十九日を以て義景の上覧を乞ふ。この日諸将士、ことごとく場に臨み、民衆また堵墻《としょう》を造してこれを観る。射的は巳の刻《こく》に始め、正午に終る。弾丸一百発、黒星に中《あた》るもの六十八、他の三十二も、皆な的角《てきかく》を貫く。真に百発百中の妙技なり。義景嘆賞止まず、これより益〻光秀を重用し、禄を増して五千貫となし、臣下の少年百人を撰抜し、光秀に就て砲術を学ばしめたり。

かくて光秀の威名は日と共に加はりぬ。しかも英雄幾ばくか風木《ふうぼく》の歎莫《たんな》からんや。義景の光秀を喜ぶは鉄砲の妙手として喜ぶのみ。光秀豈《あ》に一箇砲術先生として自ら足るものならんや。然《しか》れども、既に君たり、臣たり、光秀が謹厚堅忍の天質を以てして、胡為《なんす》れぞまた主君の不明に慊焉《けんえん》たるの遑《いとま》あらんや。能く誠に、能く忠に、好箇の一砲手として義景に臣事たるを甘んじたりき。しかも愚昧なる諸老臣は、光秀が一砲術家として重んぜらるゝにさへ不平を抱き、謗書誹言、一に光秀を陥穽《かんせい》せんと欲す。光秀はその漸く嫉妬の犠牲たらんとするを見て怏々《おうおう》楽しまず、永禄八年五月下旬、たまたま小瘡を患ふるを以て、養痾《ようあ》に托して頃日の塁塊《るいかい》を洗はんと欲して、暇を請うて加州山代の温泉に赴き、称念寺の僧園阿上人を伴ひ、途次三国《みくに》の津に遊び、港内の山光水色に雅興を行《めぐ》り、舟を御島《おしま》に寄せて、御島神社に賽《さい》せり。古松老杉、蓊鬱《おううつ》として枝を交るの間、金殿朱楹《きんでんしゅえい》颯然として、君蒿《くんこう》の情を惹くあり。奇岩峙《そばだ》つ所、白波岸を洗ひ、帆影淡く閑鷗の眠るに似て、沖漕ぐ舟も画中の佳景なり。すなはちこれ北国第一の名勝、蓬瀛《ほうえい》の仙島もまた他に求むるを為《な》さじと、光秀錦腸《きんちょう》を搾りて曰ふ。

神島神祠雅興催
扁舟棹処上瑶台
蓬瀛休向外尋去
万里雲遥浪作堆

神島の神祠雅興催す
扁舟《へんしゅう》棹さす処《ところ》瑶台に上る
蓬瀛《ほうえい》外に向かいて尋ね去ることを休《や》めよ
万里雲遥かにして浪堆《たいな》を作す

園阿上人また即興を述ぶ。

帰るさを御島の海士《あま》も心知れ
これやみるめの限りなるらむ

この夜祝部《はふり》治部太輔の許《もと》に宿し、光秀・園阿両唫《りょうぎん》の連歌を催し、一夜百韻を得たり。翌日また天気晴朗、海風裊《たおや》かに衣袂《いべい》を吹き、爽快言ふ可《べか》らず。光秀は園阿と海辺を巡遊し、潮越《しおこし》の根挙り松を見る。老幹龍の如く、枝長く葉短かし。太さ二丈許《ばか》り、根の上りたること一丈一尺に超ゆ。十余の枝根、砂巌に蜒蜿《えんえん》し、備《つぶ》さに奇怪の状を極めたり。聞説《きくなら》く業平《なりひら》中将・西行法師等昔し雅懐を松籟に洗ひて賞嘆の吟詠《ぎんえい》あり。九郎判官義経またかつて此処《ここ》に低回《ていかい》して去る能はざりしとか。星霜幾百年の後、松色みどりを加へて、四時の壮観を為す。この時、この人、幽懐そゞろに人間《じんかん》を忘れて、羽化登仙《うかとうせん》の思ひあり。樹下に一小祠あり、言ふこれ出雲の大社を崇祀するなりと。光秀、園阿に謂《い》つて曰く、大社は素戔嗚尊《すさのおのみこと》にして、我国和歌の祖神なり、余また神前に稽首《けいしゅ》して、武運を祈らんのみと。筆を執つて三十一字を書す。曰く、

満潮のこしてや洗ふあらかねの
　つちもあらはに根あがりの松

嗚嚱《ああ》、襟度《きんど》何ぞ爾《し》かく幽清なるや。流風遺韻、転《うた》た欽羨《きんせん》するに堪へたり。かくて後、山代に着し、温泉に浴す。暇《いとま》あれば近傍の霊場名勝を探り、風流はなはだ閑雅なり。かくの如きこと旬余、小瘡已に癒ゆるに及び、飛檄《ひげき》越前より来る。曰く、今月十九日、松永・三好の徒、将軍義輝《よしてる》を京師《けいし》に弑《しい》すと。光秀慨然嗟《さ》嘆《たん》久し。終霄《しゅうしょう》園阿等と古今の盛衰を論じ、柳営の末運を歎息して、翌日払暁《ふつぎょう》帰程に上りぬ。

帰後形勢頓《とみ》に変じ、義景の光秀を遇するや全く前日の寵用に反せり。けだし朝倉氏の老臣、久しく光秀の健雅沈着なるを慊悪《けんお》せし者、間に乗じて、讒構《ざんこう》する所ありしが故也。しかしてそのもつとも義景を動かすに力ありしは、鞍谷《くらたに》刑部大輔嗣知《つぐとも》の讒舌な

りき。

嗣知は足利将軍の支族にして、当時朝倉氏の貴賓たる者、義景の室はすなはち嗣知の女《むすめ》なり。彼の光秀を嫉《ねた》める諸老臣は、私《ひそ》かに嗣知の名望を藉《か》りて、その私心を貫かんと欲し、辞を設けてこれを動かせり。嗣知固《もと》より暗弱の貴公子にして、深く事の真相を究むべき材幹あるにあらず、一に諸老臣の讒言を信じ、すなはち義景に説いて曰く、近年濃州より来り候明智光秀の挙動を見るに、勇健にして智謀才芸人に勝《すぐ》れたれども、驕慢にして、常に同列を凌《しの》ぐの風あり。この輩、必ず家国に災ひすべし。速かにこれを追ひ退けられて然るべしと。義景かつてしばしばかくの如き讒言を耳にせるも、なほ鶏肋《けいろく》の情、一朝にして光秀を排斥する能はざりき。然るに今や貴賓たり、外舅《がいきゅう》たる嗣知の口より、この言を聞くに及び、翻然《ほんぜん》掌を反《か》へして、たちまち光秀を疑惧し、疎外し、薄遇するに至りぬ。

光秀は時事日に我に非なるを見て、愁然として不快の念を抱く。時に尾張の織田信長は、その新進の鋭気を鼓舞して、連《しき》りに隣境に威武を宣《の》べ、竟《つい》に積年の家敵斎藤龍興《たつおき》を攻めて、美濃国を征服し、舅《しゅうと》道三《どうさん》入道義龍《よしたつ》の深仇《しんきゅう》を報ぜり。

斎藤龍興その国を亡ぼし逃げて越前に来り、朝倉氏に凴《たよ》る。義景これを容れ、大野郡に居らしむ。しかしてこれ、光秀の黙過し難き所なり。顧《おも》ふに叔父光安は、実に龍興の為めに戦歿しき。明智氏累世の城地は、実に龍興の為めに破壊せられき。疑ひもなき明智家の仇、はたまた叔父の敵たる龍興にして、来《きた》つて我が現在の主君たる義景の為めに容れられたりとせば、光秀はこの終天の仇敵と倶《とも》に、天を戴かざる可《べか》らず。豈に能く忍ぶ可けんや。ここに至つて光秀は、もはや断乎として去就を決せざる可らず。あたかも好し、信長遥かに光秀の智名を聞き、窃《ひそ》かに人を遣はし厚礼を以て招致せんとせり。しかして織田・明智二氏の悪因縁は、まさにこの時を以て訂せられんとする也。

光秀、信長に仕ふ

信長、光秀を招く　光秀の従妹　丈夫の進退　初見参　光秀の新領　或曰　滝川一益伊勢を征す　禅僧勝恵　光秀土豪を降す　織田家における最初の軍功　五千貫の加恩　英君能士肝胆相照らす　良参軍　織田家の大問題　義昭、信長を説く　暗黒時代の光明　織田氏の四老　万緑叢中の紅一点　光秀の進言　足利氏十三世の将軍

信長の光秀を招くや、その辞に曰く、余既に斎藤龍興を逐ひ、美濃国を取りて岐阜に在城せり。明智氏は、実に余が舅山城守義龍の幕下にして、卿《けい》が叔《しゅく》光安は、かつて龍興の弑逆《しいぎゃく》に当り、義を唱へて明智城に忠死せり。余毎《つ》ねに深くこれを徳とし、一たび明智氏に酬《むく》ゆるあらんとす。今や龍興を逐ひ、舅氏の遺恨を晴らす。思ふに卿また

累年の積怨を散ぜしならん歟《か》。しかも龍興逃げて卿が主家に馮《たよ》る。卿胡《なんす》為れぞ家敵と列を同して義景に臣事する耶《や》。乞ふ速かに故国に還り、父祖の遺業を継承するを為せと。書到ること再三、しかして信長の夫人、斎藤氏の侍女に、光秀の従妹あり。また鯉魚《りぎょ》に托して切に光秀を招く。

けだし信長連勝の威に乗じ、まさに兵を進めて、朝倉氏に迫らんとす。その温言を以て光秀を招致せんとするは、すなはち敵の勢力を殺《そ》ぎて、我が威武を加へんと欲する也。光秀不平の境に在りて、この慇懃の招待状を読む。かつそれ、義景の繊弱、信長の明達、固《もと》より同日の比にあらず。暗を去り明に就き、幽谷を出で丶喬木に移る。丈夫の進退疚《やま》しき所なし。また何の顧慮する所かあらんや。意既に決し、すなはち義景に乞ふに退身の事を以てす。義景たる者、何の異論かあるべき。直ちにこれを許諾せり。何ぞ測らんや。今日糧を敵に与ふ。後年姉川の大敗、豈にその因無しとせんや。光秀の異器終《つい》にこれを容る丶能はずんば、むしろこれを殺さんのみ。しかも義景これを待つに一箇の砲術家を以てし、一旦これを捨る、ほとんど弊履を拋《なげう》つが若《ごと》きもの、けだし彼また景升の児のみ。語るに足らざる也。

永禄九年十月九日は、光秀が初めて信長に見参せる当日なり。猪子兵助《いのこひょうすけ》間に居て周旋せり。光秀祝賀として、菊酒の樽五荷、鮭の塩引の簀巻二十を献じ、かつその従妹に縁《よ》りて、別に大滝の髻結紙《もとゆいがみ》三十帖、府中の雲紙千枚、戸の口の網代組《あじろぐみ》の硯箱・文箱・香炉等の雑品五十個を夫人斎藤氏に献上せり。信長、光秀を一見して、その閑雅なる態度と、明快なる弁舌とを愛し、濃州安八郡に四千二百貫の欠所ありけるを、堪忍分として賜はり、士隊長に列せしめぬ。光秀時に年三十九。

或曰く、光秀朝倉氏を去り、長岡藤孝《ふじたか》に仕へ、歩兵となる。老臣米田《こめだ》助右衛門と協《あ》はずして去る。他日信長に仕へ、封国を得るに及び、謂つて曰く、余が今日あるは、すなはち米田の庇蔭なりと。

翌十年信長北伊勢を徇《したが》へんと欲し、滝川左近将監一益《かずます》を将として、先づ発せしむ。一益命を奉じ、二月五日岐阜を発し、多度郡より進む。光秀また従ひぬ。時に伊勢国は小党分立して、鷸蚌《いっぽう》相争ひ、国内はなはだ騒擾せしを以て、一益漁夫の利を擅《ほしいまま》にし、旗幟の嚮《むか》ふ所、戦ふとして利あらざるはなし。員弁《いなべ》郡に禅僧勝恵《しょうえ》なる者あり。光秀かつてこれと交りき。すなはち勝恵をして遊説せしめ、土豪の来服を促がす。上木・木股・持福等の諸豪、皆な勝恵の言を聴き、光秀に就いて降を乞ふ。信長この報告を得て大《おおい》に喜び、手書を光秀に賜ひて曰く、敵国を伐つや、徳政を施《し》きて以て土豪を服するは、至善の政策なり。汝これを思ひ、刃に衂《ちぬ》らずして能《よ》く数城の士を心服せしむるもの、先づ我が心を得たりと。かつ一益に命ずるに、大小の事必ず光秀に諮問して後決するを以てす。これ光秀が織田家における最初の軍功にして、しかしてまた信長に寵用せらるゝの因たる也。かくて後、八月上旬、信長躬《みずか》ら伊勢に出陣し、山路国友を高岡城に攻め、楠摂津守に箕作《みつくり》城に克つ。光秀は漸次重用せられ、毎《つ》ねに帷幕《いばく》に侍して参謀たりき。翌十一年信長また伊勢を征し、連戦連勝、ほぼ国内を征服せり。凱旋の後、光秀に加賜するに五千貫の領知を以てし、五百騎の侍大将となせり。

　光秀が勢州における数度の戦功は、あたかも加州の一戦に朝倉義景を感服せしめたるが如く、また深く信長の信用を博し得たり。けだし信長能く人を見るの鑑識あり。光秀また能く人を見るの鑑識あり。英君能士肝胆相照らす。相互の信念堅きこと鉄の如《ごと》けむ。信長の豪宕《ごうとう》と、勇猛と、果断と、光秀の謹厚と、温雅と、智謀と、あたかも陰陽両性の相和するが如きものあり。信長の頻りに新参の光秀を登用する所以《ゆえん》、決して偶然にあらず。光秀はその半生の轗軻《かんか》不遇に省みて、固《もと》より深く信長の厚遇に感激せざる能はず。故に満腔の至誠を尽して、忠勤を励む。しかしてその献策・政論・籌《ちゅう》謀《ぼう》が能く義理名分に通じ、兵機・軍略に適せるや、益〻剛果なる信長の信任を博し、遂に帷幕に欠くべからざる良参軍として珍重せらるゝに至れり。時に足利氏十三世の将軍義昭の使節、長岡藤孝・上野清信の二人は、織田家譜に特筆大書すべき一箇の大問題を齎《もた》らして岐阜に来るあり。しかして光秀は実にこの大問題を解釈するにもつとも必要なる人物なりき。

松永久秀《ひさひで》等将軍義輝を弑《しい》し、暴威を逞《たくま》しうして足利氏の枝葉を殄滅《てんめつ》せんとするや、義輝の同母弟なる南都一乗院の法資覚慶《かくけい》得業、長岡藤孝の忠義に頼り、僅かに逆臣の毒刃を免れ、髪を貯へて義昭と改称し、諸国を流浪して後、越前の朝倉義景に憑《たよ》り、京師回復の策を回《めぐ》らすといへども、義景暗愚にして優柔不断、遂に頼むべからず、義昭憤恚《ふんい》し、長岡・上野二臣を派して信長を説かしめたるは、既に普《あま》ねく人の知る所なり。しかして二使の岐阜に到るや、信長これを客館に招請し、先づ幕下の諸将に問ふに、去就の決を以てせり。

強敵四隣に在り。虎視眈々として我が隙を窺ふ。もしそれ一国の精鋭を挙げて京畿の掃蕩に従はんか。隣国たちまち虚を襲ひ、為めに意外の変を惹起《ひきおこ》さんも測る可《べか》らず。信長の進退洵《まこと》に慎重を要す可き也。いはんや当時既に朝憲なく、政府なく、法威なき、暗黒時代に属す。何ぞ所謂彼《か》の大義名分なるものあらんや。この時に当り、師名を正し、義旗を挙げ、国内を空虚にして、一浪人のために遠く敵地に草萊《そうらい》を刈除《がいじょ》せんと欲するが如きは、けだし非常の大英断にあらずんば、能《よ》くし難き所なりとす。当時信長の幕下に重望を負ひ、勇武を鳴らす者、柴田勝家《かついえ》といひ、滝川一益といひ、佐久間といひ、林といひ、謂ふ所の織田家の四老ありといへども、この輩ただ人を殺し、城を屠《ほふ》るに果なる而已《のみ》。未だ以て、彼の大問題を解釈するの任にあらず。ここに至つて光秀の言議は万緑叢中の紅一点なりき。然り文明の戦争に、万国公法学者の尊重せらるゝが如く、当時の暗黒中においては、光秀の如きまた洵《まこと》に一種の光明として仰ぐに足りし者なり。

今や将軍樹立の大問題に会し、光秀はその得意の快弁を以て史に拠り、経に則り、大義名分を明かにして、熱心に義昭歓迎の論を進めたり。彼の戦国の遊俠児が、馬を馳せ、剣を舞はすに他念なき時に当り、明智の居城において、六年の旅窓において、はた長崎称念寺の閑居において、灯前読書の人となり、眼を古今の成敗に放ち、意を天下の大勢に注ぎたる光秀の根拠ある経綸策《けいりんさく》は、あたかも猛烈果敢なる信長の理解力と符合して、咄嗟《とっさ》の間、議論一決しぬ。信長礼を厚うして長岡・上野二使を迎へ、謹んで義昭の手書を拝しぬ。既にして義昭越前より岐阜に移り、信長は疾風迅雷の勢を以て京師を回復しぬ。ここにおいて乎、足利氏十三世の将軍あり、しかも柳営の威信已《すで》に全く地に委《ふ》し、天下また将軍を言ふ者なし。惟《ひと》り織田氏の声威畿甸《きでん》の間に赫々《かくかく》たるを見る耳《のみ》。

坂本拝領及び惟任氏

三好党義昭を苦しむ　三千貫の加恩　普請奉行　朝倉征伐　信長と義昭　光秀石山・堅田を攻む　坂本拝領　静原山の攻撃　山本対馬守　足利氏亡ぶ　高島郡を賜ふ　坂本の連歌　唐崎の一ツ松　或曰　また或曰　織田一門の栄進　諸功臣西海の豪姓を冒す　丹波国を賜ふ　亀山入城

永禄十二年正月、三好の残党信長の京師《けいし》に在らざるに乗じ、一万余の兵を嘯聚《しょうしゅ》して義昭《よしあき》の営本国寺を囲めり。摂津・河内の諸将、警を得て皆な京師に入り、京軍と声援して遂に賊兵を退けたり。この役《えき》や、荒木村重《むらしげ》・明智光秀の二将殊勲あり。既にして信長また上洛し、将軍の恙《つつが》なきを賀す。しかして光秀が頃日の功を賞し、三千貫の地を加賜し、かつ一族たる明智光春・同光忠・同光近の三人に謁を許し、酒杯を賜ひき。

かくて後二条城を築きて義昭を安置せんとし、丹羽《にわ》長秀《ながひで》・木下秀吉《ひでよし》及び光秀の三将に命じて、これを掌《つかさど》らしむ。光秀かつて築城の術を角隈石宗《つのくませきそう》なる者に学び、頗《すこぶ》る造詣する所あり。今や二条城の普請奉行たるに及び、専ら縄張りの棟梁たり。二月二十七日工を起し、四月六日を以て竣《おわ》る。尋《つい》で義昭移つて居る。

元亀元年は信長が朝倉・浅井二氏と戦つて大《おおい》に武を宣《の》べたる時なり。しかして光秀はかつて朝倉氏の幕下に属し、能く越前の武備に通ずるを以て、毎《つ》ねに朝倉征伐の軍議に与《あず》かり、その功特に表彰すべきありき。

当時信長既に大に恩威を樹《た》つ。その義昭を敬する前日の如くならず。却つてその短を挙げてこれを誹《そし》り、公領僅かに二万貫を給するに過ぎず。これを以て義昭大に憤懣し、窃《ひそ》かに織田氏を除かんと欲す。たま〳〵武田信玄の款《かん》を通ずるあり、義昭喜んでこれを容《い》れ、以て遥かに声援をなし、天正元年正月、信長の使臣、不破《ふわ》河内守来つて正を賀すといへども、病と称してこれを見ず。終《つい》に要路の諸城を修め、絶を示す。信長この報を得て、暗に自ら慶賀し、柴田・蜂屋《はちや》・丹羽・明智の諸将を以て先鋒と為し、次で大兵を率ゐて上洛の途に就く。先鋒の諸将、草津に陣して部署を定め、先づ石山を攻めんとす。光秀は丹羽・蜂屋二氏と共に正門に向ひ、兵船を山田矢橋に艤《ふなよそおい》し、二月二十四日、粟津の松原膳所《ぜぜ》崎に着せり。柴田勝家は、別に二千五百の兵を率ゐ、供御《くご》の瀬を渡りて、搦《から》め手《て》より城に迫れり。城兵腹背に敵を受け、勢ひ敵すべからざるを知り、鋒を交へずして潰走す。ここにおいて光秀は、兵を別《わか》つて転じて堅田《かただ》を攻め、得意の鉄砲を以て湖上より城兵を苦しめ、遂に城楼を火《や》く。時に北風大に起り、炎焔《えんえん》天を掩ふ。光秀急に城に薄《せま》り、鼓譟《こそう》して上る。斬獲三百五十級、光秀手づから敵の三騎を斫《き》り、勇姿颯爽、雄情はなはだ逸す。城竟《つい》に陥る。既にして信長岐阜を発し、大津に宿営して盛んに武威を張る。義昭大に怖れ、佯《いつわ》つて和を乞ふ。信長また急に義昭を滅ぼすことを憚かり、事稍《ようや》く平《たいら》ぎぬ。しかして光秀は、功を以て近江国滋賀郡を賜はり、坂本を以て居城となす。信長更《さ》らに黄金千鎰《いつ》を賜ひ、また日向守《ひゅうがのかみ》と改称せしめ、寵遇はなはだ至れり。

或曰く、天正三年七月従五位下日向守となると。

同年七月、義昭また兵を挙げ、出で、宇治槙嶋に拠る。信長またまたこれを攻む。時に光秀は命《めい》を承けて静原山を攻む。守兵風《ふう》を望んで潰走し、主将山本対馬守、僅かに二十余人と共に死を期して留まり守る。光秀その義を高しと為し、その人を惜しむ。すなはち僧を遣はし、温言を以て切に降を勧む。対馬守、また光秀の高徳に感じ、終《つい》に城を開て軍門に降《くだ》れり。一乗寺の守将渡辺宮内少輔・磯貝新左衛門また来り降りぬ。

既にして義昭連戦連《しき》りに敗れ、剃髪して信長の軍門に降り、足利氏終にここに至つて亡びたり。信長戦勝の猛勢を以て、西近江を平定し、光秀の戦功を賞して、更らに高島郡を賜ひき。光秀すなはち旧領たる濃州安八郡を返上し、現在の所領合せて十万石に上り、声望稍《ようや》く盛んなり。しかして信長の信任、またいよ〳〵厚く、彼《か》の山本対馬守・諏訪飛驒守及び番頭大炊頭《ばんがしらおおいのかみ》をして、光秀の旗下に属せしめたり。後信長の北近江を定めんとするや、光秀命ぜられて左馬助光春に添ふるに、三宅式部・隠岐五郎兵衛・奥田左衛門・今峰頼母《たのも》等驍勇《ぎょうゆう》三百余騎を以てし、往《ゆ》いて先導たらしめき。

初め滋賀郡を賜はりて坂本城を築くや、家臣三浦某発句を献じて曰く、

波間よりかさねあげてや雲の峰

光秀これが脇を附して

磯山づたひしげる杉村

一日滋賀唐崎《からさき》に松を植ゑ、歌つて曰く、

我れならで誰かは植ゑむ一つ松
こゝろして吹け滋賀のうら風

以てその雅量を見るべし。嗚呼《ああ》当時の武士、光秀ならずして誰れかはこの風流を解するものあらんや。「我ならで誰れかは植ゑむ一つ松」敢て誇言にあらざる也。

或曰く、青蓮院宮尊朝《そんちょう》法親王、辛崎《からさき》の松の記に云ふ。大津の城主、新庄直頼に松庵東玉・雑斎《ざっさい》直寿の二弟あり。天正十九年の秋、雑斎唐崎に松を植ゑ、歌を咏じて曰く、

おのづから千代も経ぬべし唐崎の

松にひかる、みそぎなりせば

今存する所の松、これ也。けだし光秀が栽《う》ゆる所の松、久しからずして枯れたるを以て、雑斎またこれを植ゑたるものかと。

また或曰く、元亀二年九月、（または八月に作る）信長延暦寺を焚《や》く。和爾《わに》の城主、和爾氏条、かつて浅井氏に属す。叡山の猛烟を望見し、手兵三百を率ゐ赴き援《すく》ふ。光秀途に氏条と遭ふや、妻木《つまき》範賢《のりかた》・奥田景弘《かげひろ》横さまにこれを撃ち、族弟光忠、氏条を獲たり。信長悦び滋賀郡を以て光秀に与へ、坂本に居らしむと。

かくて後、信長積年の強敵朝倉・浅井二氏を滅ぼして京畿を経略し、天正二年三月九日、入朝相国寺に寓す。同十二日、天皇飛鳥井《あすかい》雅教《まさのり》を勅使として、信長を従三位に叙し、参議に任ず。族信忠《のぶただ》・信雄《のぶかつ》・信包《のぶかね》等五人は、正五位上に、柴田・佐久間・滝川等十八人は従五位上に叙せらる。しかして光秀またこの光栄の列に加はりき。翌天正三年の春、諸将岐阜に至り、新春の慶を述ぶるや、信長親しく光秀等を召し、謂つて曰く、西海の豪姓に惟任《これとう》・惟住《これずみ》・原田・山澄等の称ありき。今ことごとく絶ゆ。余いさゝか思ふ所あり、諸功臣をしてその姓を冒さしめんと欲する也と。すなはち丹羽長秀は惟住を、中条将監《ちゅうじょうしょうげん》は山澄を、塙《はなわ》九郎兵衛は原田を、中川八郎右衛門は小卿《しょうきょう》の姓を冒す。光秀は惟任氏を以て姓と為すに至れり。けだし信長の鎮西を取らんと欲するや久し。今やこの諸将をして彼地の豪姓を冒さしむる所以のものは、他日これを用ひて経略の任に当らしめんと欲する也。諸将能くこの意を忖度し、窃かに以て栄と為せり。

光秀既に改姓の栄を享けて後、信長これを閑室に召見して曰く、丹波国は由来将軍の公領に属し、土豪多しと称せらる。今や汝が改姓を祝してこれを与へんと欲す。汝宜しく長岡藤孝と力を合せて、土豪を帰服せしめよと。光秀悦びてかさね〱の君恩を拝謝し、家宝来国次《らいくにつぐ》が、二尺七寸に鍛へたる夢切《ゆめきり》てふ名剣一口、江師匡房《ごうのそつまさふさ》の手蹟にて、水晶の軸に蜀江《しょっこう》の錦もて表装したる古今和歌集二十巻を献上し、正月二十一日、岐阜を発して居城坂本に還れり。

帰後直ちに三千余騎の兵を催し、二月五日洛西桂の里に出陣し、翌日丹波国大江山に臨む。長岡兵部太夫藤孝《ふじたか》その子忠興《ただおき》と共に二百余騎を引率して光秀を援《たす》く。時に亀山の守将、内藤忠行の家臣、内藤忠次郎・同三郎右衛門・和田木工助等相率ゐて軍門に来り、明智光春に就き訴へて曰く、日州既に当国御受領なされ、今回御入国の条、賀するに辞なし。臣等《しんら》の先君、内藤忠行去年病死の後、一族家臣五百余人、流浪の体にて亀山に罷在《まかりあ》り候処、新主君御入国の由を聴き歓喜に堪へず。御普代恩顧の者と思召され、犬馬の労をも取らせ賜はり候様、伏《ふし》て悃願《こんがん》に堪へざる也と。光秀大に悦び、諸士に面じて、慇懃に慰撫し、未だ一兵をだも損せずして、恙《つつが》なく亀山に入るを得たり。

新領地における恩威

光秀の撫恤　福井貞政　光秀の軍法　秀吉の評言　信長の信任　荒木行重　新領地ほぼ平定す　香賀岩亭の飲宴　信長と宗教　一向宗徒の蜂起　武田勝頼　安土山の築造　光秀と天主閣　一向宗徒また叛く　光秀の異彩　松永久秀　信長の欠点　筒井順慶と光秀　毛利氏の勢威　中国征伐　山中鹿之助　光秀の友誼

光秀の亀山に入るや、丹波国の土豪風《ふう》を望みて来り服する者多し。並河掃部助《かもんのすけ》・四方田但馬守・萩野彦兵衛・波々伯部《ほうかべ》権頭・尾石《おのいし》与三・中沢豊後守・酒井孫左衛門・加治石見守等皆なこれ驥北《きほく》の良にして、以て一方に将たらしむるに足る者ならざるはなし。しかして光秀撫恤《ぶじゅつ》を専らにし、文質を貴び、勉強意を政治に用ふ。故に国中悦服《えっぷく》し、足を翹《つまだ》て丶新令を喜ぶの風あり。然るに過部《あまるべ》の土豪、福井貞政なる者、矜伐《きょうばつ》にして新国主の命令を奉ぜず、光秀すなはち光春をしてこれを囲ましめ、更《さ》らに使を送りて貞政を説かしむ。貞政対《こた》へて曰く、某《それがし》不肖に候へども、鎌倉の足利左馬助氏満の男《むすこ》、福井五郎満貞より六世の孫として、未だ父祖の弓矢を穢《けが》し候はず。然るに今や、敵兵の囲む処となり、甲《かぶと》を伏せて降参せんこと、武夫《ぶふ》の本意にあらず。速《すみや》かに一戦して、快く死に就かんのみと。彼の使者の髪を断ち、刀を奪ひて追ひ還せり。光春その亡状《ぼうじょう》を怒り、兵を進めて城に迫る。明智光忠衆に先だつて奮戦し、殊功録するに足るものあり。城遂に陥り、貞政また陣頭に死す。於是乎《ここにおいてか》、新国主の恩威並び行はれ、国中ただ波多野氏の一族及び悪井氏の鬼ケ嶽に拠りて来服せざるあるのみ。しかも光秀、敢てこれを攻むるを為さず、専ら徳政を施《し》きて人心を攬《と》る。けだし光秀の軍を行《や》るや、毎《つ》ねに戦闘を避けて撫恤《ぶじゅつ》を先にし、敢て彼の百戦百勝底の猛勇を競はずして、徐《おもむ》ろに敵の心服するを待つ。その跡歴々として前に在り、すなはちこれ光秀が謹厚文深の質を証するに足る也。しかも一旦兵刃を交ゆるに当つてや、籌謀《ちゅうぼう》遺算なく、嚮《むか》ふ所破砕せざるなし。彼《か》の鬼柴田一輩に比して、異彩を放つ者、信長の幕下実に光秀と秀吉と在り。しかして秀吉また光秀を称して、儕輩《せいはい》中のもつとも畏敬すべき英雄なりといふもの故なきにあらざる也。

光秀が丹波における働きぶりは、愈よ《いよい》深く信長の信任を博し得たり。この年三月七日、信長京師より湯浅甚助を遣はし、光秀に言はしめて曰く、今度速かに丹波過半を平定せし条、満足これに過ぎず。弥よ《いよい》粉骨をつくすべし。余党なほ手強く相支へ候はゞ、御勢を差添られべきの間、重ねて申し上ぐべしと。かつ次右衛門光忠が過部の戦功、比類なく思召されたりとて、その賞として、次の字を治と改めしめ、感状に添へて安吉《やすよし》の脇差を賜ひ、明智一族いよ〳〵名誉を擅《ほしいまま》にせり。その頃丹波大蜘蛛の主、荒木山城守行重《ゆきしげ》また光秀の招きに応ぜず、塹塁《ざんるい》を修めて盛んに守禦《しゅぎょ》の計を為せり。光秀自ら将としてこれを攻め、激戦三日三夜にして城兵なほ善く戦ふ。その勇猛頗る《すこぶ》感ずべき也。一日行重甲を伏せ、弦《つる》を弛《ゆる》べて城を出で、謹んで啓《もう》すらく、臣速かに幕下に馳せ参じて、大命を奉承すべき心底に候へども、身いやしくも武門に列なり候上は、家職の程をも顕はしたく、かつは恐れながら国主の御威光をも一見の上にて降参仕るべくと存じ、頃日はなはだ礼を失し候ひき。願くは微衷《びちゅう》を諒として、御家臣の列に加へさせ玉へかしと。しかして光秀既に親しく行重の勇健を目睹《もくと》し、心窃《ひそ》かにこれを壮と為せり。今やこの壮快なる請願を聴き、また何の躊躇かあらんや。直ちに帷幕《いばく》に引見し、慰諭はなはだ慇懃なり。行重また大に悦喜し、これより意を傾けて明智家の忠良たるに至れり。

かくの如くにして、新領地もほぼ平定に帰したるを以て、国務を族光春・光忠に委ね、新進の士、四方田但馬守・並河掃部助・荒木山城守三人を挙げて扶翼の任に当らしめ、亀山城の修築を命じて、江州坂本に還り、六月十九日、岐阜に到り、信長に謁す。時まさに三伏《さんぷく》にして、炎熱燬《や》くが如し。信長すなはち光秀を香賀岩の亭に招き、或は長篠合戦の状を語り、（長篠合戦は三年五月なり。光秀時に丹波にありてこれに関はらず）或は丹波の政治を賞し、飲宴夜に入り、鵜飼の篝火《かがりび》を見る。その親睦の状、転《うた》た傍人をして健羨《けんせん》に堪へざらしめき。

これより先き、朝倉義景本願寺門跡と親交あり。従つて越前国もつとも一向宗の信者多し。義景亡ぶるに迨《およ》び、僧徒等信長を目するに法敵を以てし、所在動揺せり。信長また深く僧侶の破戒暴横を悪《にく》み、かつて延暦寺を焦土となし、耶蘇《ヤソ》教を奉じて仏教の殄滅《てんめつ》を謀りし等、その果断、むしろははなはだ過ぎたるものありき。彼の仏教信者が目して以て法敵と為すも、またその故なきに非《あらざ》る也。

この年八月、大坂の一向宗徒蜂起し、朝倉氏の遺臣、朝倉景健《かげたけ》等と相援け、一乗谷の守将、桂田長俊を襲撃して、これを殺す。信長すなはち諸将を会して北伐し、光秀その先鋒たり。秀吉と軍を合せ、河野・龍門等の要塞を陥る。諸軍また次《つい》で進み、遂に越前を平定し、国を挙げて柴田勝家に与へぬ。

この時織田氏、已《すで》に天下の要衝を横塞し、畿甸《きでん》の二十余国、全くその有に帰せり。しかしてその強敵たる武田信玄は、去《さん》ぬる天正元年を以て病死し、嗣子勝頼鷙悍《しかん》兵を好むといへども、暗昧にして家業を統《す》ぶる能はず、長篠の大敗以後、またはなはだ患《うれ》ふるに足らず。今や越前を柴田に与へ、以て北陸の敵に当らしめ、東山・北陸の二道、やや意を安んずるに至りしを以て、進んで驥足《きそく》を中国・南海に舒《の》べんと欲す。これに依り岐阜を信忠に与へ、江州目賀多《めかた》山を卜して別に本城を築かんとし、天正四年正月普《あま》ねくこれを家臣に告げ、目賀多山を改めて安土《あづち》と称し、惟住長秀は佐和山の城主にして、境を安土に接するもつとも近ければとて、特に普請奉行を命ぜられぬ。二月二十三日、信長自から安土の地理を検察し、急に使を遣はして光秀を召す。けだし安土は信長の根拠地たるべき要害なるを以て、その構造またもつとも注意せざる能はず。しかして光秀は、実にこの相談役として欠くべからざる役者たるを以て也。その二十六日早朝、光秀坂本より到る。信長具《つぶ》さに城地の設計を示して、意見を問ふ。光秀対《こた》へて曰く、城廓の配置、塹塁の結構、洵《まこと》に兵家の理を究めて遺漏あるなしと。信長すなはち惟住長秀を招き、直《ただち》に工事に着手せしめぬ。

（校訂者曰く）原書には、「洵《まこと》に兵家の理を究めて遺漏あるなし」以下に約十行に亘る記述があつた。しかしこの記述は、著者が「織田信長――後編」安土城のくだりで、左の如く訂正して居るので、著者の意を酌み、本文からはこれを削除することとした。もつとも削除した部分は、左掲訂正文の中に完全に引用されて居るので、読者は自然にその削除された部分をも補つて見ることが出来るわけだ。

＊　＊　＊　＊

因《ちなみ》に記す。拙著『明智光秀』安土城の事を記していふ。「ただし山巓に天主閣を築かば、錦上花を添ふるの妙あらん歟《か》。臣先年諸国を周遊し、諸家の居城を観察せしに、安房国館山の里見左馬助義豊の子義弘、三層の天守を建て、周防国山口においては大内義興《よしおき》また三層の天守を築きて候ひき。その結構の宏壮なる、いづれも以て人目を驚かすに足れり。御当所はまさに一天四海を知ろしめさるべき名城なれば、仁義五常の聖訓に則り、五重の高閣を組み上らるるにおいては、寔《まこと》に宇内《うだい》第一の壮観に候べしと。信長いかでかこの壮かつ奇なる新説を喜ばざるべき、手を拍つて快と称す。光秀すなはち彼の周遊の当時において、築城の名手角隈石宗より学び得たる天守閣築造の設計を書してこれを上《たてまつ》る。信長直ちに長秀を招き、備《つぶ》さにこの設計を示して工事に着手せしめぬ」と。これ主として『明智記』に縁《よ》りて記述したる也。そも〳〵光秀が築城に巧にして、信長の諮問に応じて天主閣を設計せしことは、『太閤記』その他の書籍にも散見するを以てこれを疑ふ可《べか》らずといへども、さて安土の天主は五重にあらずして七重なりしは、本書記載の如し。於是《ここにおいて》余は前著の編纂杜撰《ずさん》に陥りしを知り、慙愧《ざんき》自ら禁ぜず、こゝにこの旨を附記して『明智光秀』の読者に謝し、かつ彼《か》の五重の天守云々の一節を取消すもの也。

いくばくもなくして安土城成り、次で七月、天主閣また竣工す。七層の大楼簷牙《えんが》高く啄《か》み、眼下一望、所謂《いわゆる》近江八景あり。朝暉夕陰、気象万千、四時の勝色洵《まこと》に造化の妙を極む。信長の喜び知るべき也。

これより先、大坂の一向宗徒また叛《そむ》く。光秀は長岡藤孝・荒木村重《むらしげ》・原田直正・筒《つつ》井順慶《いじゅんけい》と共に赴き討つ。敵兵剽悍《ひょうかん》善く戦ひ、我軍利あらず、原田直正陣に亡す。諸将退いて天王寺に拠る。五月敵大挙して来り囲む。信長急を聞き、自ら将として来り援け、遂に大捷《たいしょう》を得たり。この役や信長親しく諸将の営を巡見す。しかして光秀の率ゐる所、鎧甲鮮明にして、軍隊の組織、士卒の訓練、自《おの》ずから異彩を放ち、陣営の配合、また能く兵法の妙を極むるを激賞し、家臣藤田伝五・溝尾勝兵衛・村上和泉守・三宅藤兵衛・四方田但馬守・並河八助・妻木七右衛門・奥田宮内以上八人を延見して、親しく酒杯を賜ひき。

五年八月、松永久秀叛す。初め久秀の降《くだ》るや、信長許さずして曰く、彼れ智勇余りありといへども、姦佞《かんねい》比無し。飢ゆればすなはち伏し、飽けばすなはち起つ。既に足利氏を乱せり。豈《あ》にまた我家を乱さゞる莫《な》からんやと。佐久間信盛《のぶもり》曰く、久秀暗主に事《つか》ふ。すなはち能くかくの如きのみ。主公にしてこれを駕馭《がぎょ》せば、彼れはた何事をか能く為さんや。宜しくこれを撫納し、以て仁義を天下に示すべきなりと。信長これを可とし、且《しば》らく久秀の罪を許せり。しかも信長の資性粗落にして徳量を欠く。一旦愛憎の念を挟むや、所為むしろ編執《へんしゅう》に陥る。今や武略天下を倒圧し、覇権稍《ようや》く定まるに及び、矜傲自得、またいさゝかの憚る所なし。徳川家康の信長に見《まみゆ》るや、一白髪翁の坐に侍するあり。家康問うて曰く、これ何人ぞ。曰く松永久秀なり。この翁《おきな》人の能くし難き所を能くす、将軍義輝を弑《しい》すその一なり、三好氏に叛くその二なり、大仏を燔《や》くその三なりと。久秀俯伏《ふふく》、冷汗背に洽《あまね》し。これより深く信長を恨む。しかして久秀の愛蔵する所、茶器平蜘蛛《ひらぐも》あり。信長これを得んと欲し、旨を伝ふること再三、久秀敢て肯《うけ》がはず。終《つい》に叛して志貴城に拠るに至れり。思ふに久秀の姦佞《かんねい》固《もと》より悪《にく》むべしといへども、既にこれを容れて将帥の列に在らしむるにおいては、待遇また自から礼なかる可らず。信長のこれを面折詬罵《めんせつこうば》する、豈に将相の量ならんや。惜しむべき也。

信忠大兵を率ゐ、久秀を志貴に攻む。光秀また軍を発し、長岡藤孝・筒井順慶と兵を合せ、松永氏の属城片岡を抜き、更《さ》らに本軍に加はりて志貴を囲む。久秀その愛する所の茶器を抱きて焚死し、事こゝに平《たいら》ぎぬ。既にして信長従二位に進み、右大臣を拝し、信忠従三位の左近衛中将となる。久秀の遺領大和国十万石を以て筒井順慶に賜ふ。順慶時に年四十にして嗣子なきを憂ひ、書を信長に上《たてまつ》りて養子を得んことを乞ふ。

すなはち光秀の第二子、十次郎(時に七歳)を以て猶子《ゆうし》となさしむ。けだし光秀かつて順慶の難を救ひ、その家を全うせしむ。順慶これを徳とし、常に相親善す。信長能くこれを知る。故にこの命あり。順慶大に悦び、先づ家臣井戸若狭守を坂本に遣はして賀を陳べしむ。翌《あ》くれば天正も六年となりぬ。時に毛利輝元、山陰・山陽十余州に割拠し、浮田直家、備前・美作《みまさか》を以てこれに付随す。播磨の人、赤松・別所・小寺等の諸雄皆な毛利氏の兵を被らんことを恐れ、款を織田氏に送る。羽柴秀吉また具《つぶ》さに中国の撃つべきを論ず。信長固より久しく中国に垂涎す。ここにおいてか意を西征に決し、秀吉を以て征西大将と為し、播磨を取つて自から封ぜしむ。尼子晴久の臣に山中鹿之助《しかのすけ》久頭なる者あり。晴久、毛利氏のために亡ぼさるゝや、久頭、幼主勝久を輔佐して各地に苦戦すること数年、しかも尼子氏微運にして、社稷《しやしよく》終に絶ゆ。久頭なほ苦節を持し、回復を計る。時人その義を高しとなし、名声嘖々《さくさく》たり。しかして光秀のかつて天下を周遊するや、出雲国富田《とだ》の一畑寺《いちばたじ》において久頭と議論を闘はし、他日の歓会を期して袂を分ちき。当時久頭は尼子氏の長臣として、威望隆々、四隣に聞え、光秀は江湖落托の一浪人として、かつて人のこれを顧みる者なかりき。然るに今や久頭は亡国の遺臣となり、一畑寺の旧交を尋ねて、来つて光秀に馮《たよ》る。光秀すなはち信長に説く所あり、寵臣光秀の言何の行はれざる所かあらむ。信長親しく久頭を延見し、秀吉に属して征西軍の先導となし、播州上月《こうづき》城に居らしむ。光秀我が部下に就き、中国出身の驍勇《ぎょうゆう》五十騎を撰み、武具・兵糧等残る所なくこれを給して、久頭に与ふ。その友愛高誼、彼の敗余の好英雄をして、感泣禁ずる能はざらしめしといふ。けだし光秀の人に接するや、文深温雅、優容にして能くその肝胆を披《ひ》らき、以て能く他の愛慕敬重の念を惹く。なかんづく、長岡藤孝(細川幽斎)・筒井順慶の如きその文深風雅の性質において能く光秀と相合ひ、交契転《うた》た親密を極む。いはんや臣下に至つては、深くその徳を慕ひ、その仁に浴し、皆な死を以て報ぜんことを思ふ。故に上下渾然として能く和合し、殺伐闘争の戦国武士的本色以外、一種畏敬すべき家風を為せりき。

波多野征伐

丹波の国状　平和主義　国内の大掃蕩　波多野征伐　光秀の仁慈　明智氏の美事　諸史の誤伝　弁護説　太閤記の記事　太閤記の矛盾　光秀の母　光秀の妻子　諸史の誤謬　周山の解

顧みて丹波の国状を見るに、光秀封に就きてより、国人その堵《と》に安んじ、新令に悦服せりといへども、なほ未だ八上《やかみ》・鬼ケ嶽・高見・保月《ほげつ》の諸城には、土豪蟠居《ばんきょ》して、我が約束命令に服せざるあり。光秀は厭《あ》くまでも、その平和主義に頼り、国政を料理せんと欲するを以て、能《あと》ふべきだけ、刃に衂《ちぬ》らざらんことを冀《ねが》ひ、由来しばしば温言を以て彼輩を諭《さと》しき。しかも彼れその強を恃《たの》み、却つて光秀の優柔を嘲けり、驕傲《きょうごう》自ら悛《あらた》めず。彼此互ひに気脈を通じ、時に或は兵を出して、虎髯《こぜん》を拈《ひね》らんとす。ここにおいてか、光秀また竟《つい》に徳を以て彼徒を遇するの無益なるを断じ、断乎威武を以て国内の大掃蕩を行はんと欲し、従弟治右衛門光忠を将として、先づ波多野経尚《つねひさ》(或作秀《ひで》治《はる》)を八上城に攻めしむ。光忠すなはち四方田・村上・松田・御牧《みまき》・山本以下の諸士を率ゐ、八上城を囲み、藤田・諏訪・荻野・中沢・波々伯部《ほうかべ》諸氏をして、敵の援路を断たしむ。しかも敢て戦を好まず、塁を対して持久の計を為せり。

波多野氏は、当国第一の豪姓にして、弓矢もつとも精鋭と称せらる。今や光忠等の攻囲を受けたりといへども、頑強屈せず、相持すること一年余の長きに及ぶ。しかして竟に支ゆる能はず、兵士皆な飢餓に襲はれ、草根木葉を食つて僅かに旦夕《たんせき》を保つ。六年五月中旬に及びては、神《しん》疲れ、力屈し、終《つい》に降書を四方田政孝の営に送る。政孝以為《おもえ》らく、これ我が意を怠らしめ、最後の一快戦を為さんと欲するのみと。すなはち警を諸営に伝へて、不虞《ふぐ》に備へしめ、かつ返書を送りて曰ふ、城中力屈し、降を乞ふの旨承り及び候へども、時期已に如此《かくのごとく》遅延の上は、主君の仁恕も保し難し。たゞ速かに城門を開き、花やかに一戦を遂げられ候べしと。城兵これを見て相謂つて曰く、既に飢渇に苦しむ。また何ぞ戦ふを得んやと。士気頓《とみ》に沮喪《そそう》し、進退これ谷《きわ》まる。城将経尚、これを愍《あわ》れみ、更《さ》らに降使を送りて懇請もつとも努む。光忠諸将と議し、答へて曰く、城中 各《おのおの》神妙なる申され様に候へば、相残る士卒の身には、恙《つつが》あらせまじ、領袖の諸士のみ速かに降参然るべしと。ここにおいてか、主将波多野中務丞経尚・弟次左衛門・同五郎左衛門及び家臣河村助右衛門・野墓市右衛門・棗杢《なつめ》兵衛・松田儀兵衛以上七人面縛して四方田政孝の陣に降れり。光秀この報告を得て、速かに食を城中千百余人の士卒に給して飢餓を救ふべきを命じ、かつ波多野氏の亡状を寛宥し、書を信長に上《たてまつ》りて、経尚等七人の助命を乞ひ、六月四日虜囚を安土に送り、命を待たしむ。しかも信長の殺に果なるや、数年間の頑強、今に至つてこれを恕するの道なしと為し、光秀の乞ひを斥《しりぞ》けて、彼の七人を安土の慈恩寺に屠腹《とふく》せしめたり。

顧《おも》ふに光秀丹波に封ぜらるゝや、一に恩徳を以て士民を恤《あわれ》み、已《や》むを得ざるに非ざれば、兵を用ふることなし。彼の並河・荒木・内藤・波々伯部等の諸豪が、能く光秀に臣服し、あたかも数世相恩の君臣の如くなる所以のもの、すなはち以て箇中の消息を伝ふる也。然るに、波多野氏強を恃みて、頑然動かず、刀折れ、矢竭《つ》くるに及び、始めて軍門に降参するに至る。また以て至愚と謂ふべし。累世の名門、一朝に絶ゆる、豈に故なしとせん乎。信長のこれを許さゞる、必ずしも不仁の挙にあらざる也。しかも光秀の優容寛仁なる、窮鳥懐に入る時には、たちまち宿昔の鬱憤を遺却し、彼《か》の頑強憎むべき士卒に給するに、糧食を以てし、彼の驕傲悪《にく》むべき波多野氏を恕《ゆる》して、これが助命を為さんと試む。疑ひもなく、これ光秀が胸裡の平和を証するに足らずや。今世文明の戦争といへども、またかくの如きのみ。然らばすなはち波多野征伐の一節は、むしろこれを明智氏の美事として伝ふるを得べし。咄《あ》哉《あ》何事ぞ、爾《し》かく特筆すべき光秀の義挙は、これを稀有の義挙美事として伝へられずして、却つて光秀の暴逆残忍の至悪なる保証として諸史に特記せらる。我輩ならずといへども、誰れか光秀の為めに一滴の暗涙を灑《そそ》がざるものあらんや。

史に曰く、天正七年信長羽柴秀吉をして、兵を分つて惟任《これとう》光秀を助け、丹波を攻めしむ。国主秦秀治《はたひではる》降を肯《がえ》んぜず、光秀母を送りて質となす、秀治すなはち降《くだ》る。光秀欺いてこれを捕へ、安土に押送し、これを磔殺《たくさつ》す。丹波の人これを聞き、また光秀の母を磔《はりつけ》す。母氏は実に光安入道宗宿の妻なり。光秀幼稚の間、鞠養《きくよう》せられ、恩庇《おんひ》生母と均《ひと》し。毎《つね》に母を以てこれに事《つか》ふ。ここに至つて人皆な光秀を指して母を磔殺せりと謂ふ。光秀憤懣し、八上城を屠《ほふ》る。殺戮犬猫に至り、頗《すこぶ》る残酷を極めたり。しかして信長が母を奪ふを待たずして、波多野兄弟を誅せるを恨む。信長また光秀の詐偽《さぎ》卑怯《ひきょう》を憎み、これを賞せずと。かくの如くにして、主殺しの罪名に加ふるに、母殺しの逆名を以てし、彼れ既にその母に忍ぶ、豈にその主君に忍ばざるの理あらんや。この筆法を以て残忍・悪逆・暴戻《ぼうれい》・不忠・不孝等のアラユル悪声は紛々として光秀の死骨を囲繞《いにょう》せり。たまたま光秀を弁護する者は曰く、波多野氏を八上城に攻むるや、敵兵堅く拒《ふせ》ぎて屈せず、ここにおいて光秀已むを得ず、母を質となして一時の成《しの》ぎを行ふ。けだし光秀しばしば利あらざるや、その君命を果し能はざるを憂へ、母を質として平和を購《あがな》はんと欲するも、人情頗る忍びざるものあり、沈思苦慮ほとんど策の出づべきなし。光秀の母は烈婦なり、叱して曰く、児已《すで》に天下に許す、区々の計何の顧慮する所かあらんや、我れ乞ふ質と為つて行かむ、光秀なほ忍びざるの色あり、母強《しい》ること再三、すなはち漸くこれを決行せり。然らばすなはち光秀が、母を質とせるは、一に母の奨励に由《よ》りて也。何ぞ必ずしも光秀母を殺せるならんやと。嗚呼《ああ》光秀果して母を質として八上城に送りたる乎。その間たとひ如何の理由ありとするも、我輩軽《かろ》ろがしくこれが弁護を為さゞるべし。要するにこの一事は、明智光秀伝において、もつとも精確なる考証を待たざる可《べか》らず。『織田家譜』『常山紀談』『野史』その他の史籍、大凡《おおよそ》皆な以上の説を掲げたりといへども、なほ参考の為め、我輩がもつとも信ぜざる、しかして光秀攻撃説の或は火元にあらずやと疑はる丶『太閤記』が、いかに箇中の事を記せるかを摘録せんと欲す。乞ふこれを蛇足として笑ふことを休《や》めよ、『太閤記』は俗書たるに相違なしといへども、反対の方面より、光秀の事蹟を窺《うかが》はんには、また一の材料として妨げざるを以て也。

惟任日向守、東丹波の諸城を攻落し丶かども、波多野右衛門秀治・同遠江守秀尚等が籠りたる八上の城強くして落城せず、光秀多勢を以て押寄せ、数日これを攻むれども、兎角寄手《よせて》敗北せし程に、西丹波既に平均して、羽柴勢播州へ引返せしと聞き、光秀大に心を苦しめ、我が請取りの丹波なり、筑前(秀吉)に先をせられしこと残念云ふばかりなし。大殿の御機嫌もあしかるべし、諸人の嘲哢《ちょうろう》も口惜し丶、如何せんと思ひつれども、術計尽きはて丶、ただ一日々々と暮しけるが、兵は詭道《きどう》なり、然らば波多野兄弟を欺《あざむい》て生捕らばやと思案し、すなはち使者を城中へ遣はし、織田殿当国を平治せられんとの本意は、土地を貪るにあらず、元より波多野一門に遺恨あるに非ず、ただ朝廷へ奉公の忠を致され候へと申す事を、同意せしめんが為にて候。普天《ふてん》の下《もと》王土に非《あらざ》るなく、率土《そっと》の浜《ひん》王臣に非るは莫《な》し。国を領し、民の力を私して、一度も参勤せず、更に国役を運上せられざること、各《おのおの》何とか思案いたされ候や。西丹波の宗長・宗貞自滅せらるゝことは、弓箭《ゆみや》の上の事にして、これは織田殿の本意を了解いたされざる誤りと覚え候。御辺《ごへん》兄弟籠城して、織田殿と国を争ふとばし思はれ候ならむも、朝廷の勅諚《ちょくじょう》に背《そむ》かれ候事、何人か美《よ》しと申すべき。その上に、その城中において、運を開かれ候はんこと、千に一つもあるべからず。空しく戦場の土となり玉うて、永く波多野の名字を断絶せしめ玉ふのみか、屍の上に勅諚違犯の汚名を受け玉ふこと豈に悲しからずや。光秀が申す旨に同心ありて、早々安土へ御参りあるべし。織田殿已に三公の一員にして、朝廷の大臣なり。面々いづれも、朝命を奉じ、王事に勤労なし玉はむこと、誰かあやまりと申すべき。光秀が申す処少しも相違あるべからず候と。牛王《ごおう》宝印《ほういん》の裏へ、誓詞を加へて差遣はし、かば、秀治・秀尚この儀もつともとは思へども、光秀が偽りて云ふにやと疑ひ思ひて、しかとしたる返辞もなし。光秀頻りに耀《せ》りつけ、この程申し入れ候事、光秀が偽りて云ふにやと疑ひ思ひ玉ふと覚えたり。光秀更らに偽りを申し入れず候。ただし一旦の疑念を散ぜんが為め、光秀が老母を人質に参らすべく候。早く国民の安穏ならん為と、その家の相続あるべき筋を思はれ、安土へ参られ候べしと申し遣はしけるに、秀治・秀尚兄弟終にこれを信じ、六月二日、八上の城を出で、本目《もとめ》の城中へ入り来りしかば、光秀対面し、急ぎ安土へ参向あるべしとて、先づ京都へ遣はし、それより近江路へ出立たせけり。八上の城中にては、秀治・秀尚本目の城を出で、京都へ出で、安土へ行向ひしと聞き、安土の首尾を待ち暮しける処、光秀が使者来り、兄弟の衆今は安土へ出立たまひぬ。本領安堵《あんど》の御沙汰相違ある可《べか》らず、因《よっ》て光秀が老母いつまで城中にさし置かるべきや、早く此方へ御返しありて然るべく候と申入れしかば、波多野の一族並に家老中評定し、織田殿より斯々《かくかく》と定りたる御諚もなく、御兄弟の衆いまだ帰城なく候。請取られし御兄弟の留守の間に、我々が意として、大事の人質を返しまゐらすこと叶ひ候まじと返辞す。いかにも道理なれば、光秀も辞なく、然らば安土へ申し入れて、またもや謀《はかりごと》もあるべしとて、使者を安土へ遣はし、織田殿へ波多野兄弟を擒《いけど》り候こと、かやう〳〵致し候へば、しばし死刑を猶予なし給り候様にと言上せしに、羽柴筑前は西丹波をわづか十余日のうちに切平げ、波多野父子に腹切らせ、久下・荻野をも討取りしこと武勇といひ智略といひ、抜群の働きといふべし。光秀が如きは、偽を以て兄弟をつり出し候事、弓箭の道にうとく、老母を質として偽を助くること、人情に背《そむ》けり。その上、秀治・秀尚が進退のこと思召もあるに、猶予せよとは何事ぞやとて、織田殿以ての外に怒らせ玉ひしかば、惟任が使者、面目を失ひ、本目に帰へり、安土の次第を詳《つまびら》かに述べて、大息つく。光秀案に相違し、かくては老母を取りかへすことかなふまじと、心中燃るが如く思ひ、再び城中へ使者を立てて、兄弟の衆安土に参着ありし処、織田殿歓楽にましまして、いまだ面会なしたまはねば、本領の沙汰に及ばれず候へども、不日に帰国あるべし。光秀が老母を出城ある様に計ひたまふべしと申し遣はしけるに、城中にては兎も角も兄弟の衆帰城あるまでは、御老母を返し候ことなるまじいぞと、厳しく返答なしたりければ、光秀この度も老母を取返すことかなはず、如何にせまじと肺肝《はいかん》を砕きけるに、城中へ何として聞えけるにや、波多野兄弟安土へ参向せしに、織田殿のさしづとして、安土の慈恩寺に押込めて、対面をだにゆるされず、かくては本領安堵思ひもよらず、これは光秀が策にて、織田殿の下知にては無かりしなるべし。然らば我々の運の末と覚悟すべしと云て、歯がみをなせば、光秀が使者城中に至れども、その後は取合もせず、兎角するうちに秀治・秀尚慈恩寺にて切腹せし由聞えしかば、光秀大に驚き、こは如何にせん。この事城中に漏れたらんには、老母は定めて害に逢ふべし、江・丹道隔たれば、この事いまだ城中にて知るべからず、早く計るべしとて、また詞を設け、老母を迎へ取らんとなしけるに、いつしか城中にてこれを知り、大に憤り、主人兄弟誅せられし上は、我等誰が為めに命をたくはふべきや。ただ今切て出で丶死ぬる身なり。悪《にっ》くき光秀めが、偽りて主人兄弟を安土に送りしこと、武士の作法にあらず。人非人の所業といふべし。この質として送りし老母に罪はなけれども、光秀にそのま丶返し送らんも残念なりとて、矢倉に上り、用ありげに明智十郎左衛門尉をさし招き、その方の主の光秀に達すべき様は、波多野兄弟とも、安土にて切腹ありし由、確かに聞知りたり。本領安堵相違なしとは何事を言ひつるぞや。その時その方より送りし人質は、今は不用なり。依てこれを渡さんとするぞ早く出で﹅迎へよと呼《よば》はるにより、光秀何ごとぞ、それ行けと迎への人を出し、自身にも立出れば、老母を縛《いま》しめ逆さまに矢倉より下へ釣り下げ大刀を抜てさげ切りに切て落しどつと笑ふ。光秀これを見て、気も魂も身に添はず、こは情なし、あはれ安土にて、今四、五日猶予なし給はらば、無事に老母を取りかへしてんものを。年来の忠功もあればこそ、丹波の守護をも賜ひしなれ。その国治めん術に、しばしかくてぞと申せしこと、光秀が誤りにあらず。光秀が一左右《いっそう》を待たせ玉ふとも、遅からぬ事なるに、波多野兄弟を誅せられしこと早きが故に、我老母か﹅る非業の死をなせり。然らば却て我老母を殺すものは、波多野が家人なれども、我母を殺さしむるは織田殿なり。織田殿こそ我母の仇なれとまで、怒りしかども、その詮なければ、まづ老母の死骸を取入れさせ、その後短兵急に攻立てしかば、総軍一度に押寄せ、息をもつかせず堀を埋め、塀を破り、乗入りけるほどに、大手をば難なく攻破る。寄手城中へ攻入りしかば、城中にても予《かね》て期したる事といひ、何時までか命を惜まんと、一人も残らず討たれけり。光秀あまりの憤りに、城中にある処の犬猫までも、すべて生あるものことごとくこれを殺して、少しは腹をいやしたりけり。そもそもこの老母といふは、光秀が実母にはあらず、叔父の明智兵庫助光安入道宗宿が妻にして、左馬助光春が実母なり。されども、光秀が幼稚の時より養育せられし恩厚ければ、哀しむこと深く、その上に左馬助が心中を察し、歎きのあまり織田殿をうらみける。

思ふに諸史の記事は、すなはちこの『太閤記』より出たるにあらざるか。然るに同書はまたこの事を記して曰く、

八上・氷上《ひかみ》の両家は明智が心入れを以て信長の御前を取なし、降参の御礼申すため安土へ参上せば、所領相違あるべからずとの御書を下され、一族十三人、明智に付て江州へ赴きしかば、信長安土の慈恩寺へ入れて、厳重に警固せしめ、重ねて仰せ出されけるは、波多野右衛門大夫秀治は、度々《たびたび》仰せを背きし罪科軽からず。今度も一旦籠城し戦ひ、難儀なるに臨んで降参する条、心中御不審晴れず。因りて切腹仕るべきなりとの事故、明智もほとほと迷惑し、種々とわび言申し上げし

かども、更《さ》らに御ゆるしなく、却て光秀までも御勘当あるべしとぞ仰せ出されけり。光秀この上はとて、波多野にかくと告げ、懇《ねんご》ろに最期の用意をなしゝかば、秀治も始めて信長の表裏反覆を知りて、天下を知るべき器量に非ず。かくと知りたらば丹波にてともかうも成るべかりけるものをとて、大に怒りしかども、為《す》べき様なければ、尋常に敷皮に直り、わるびれし色もなく光秀に向ひ、この頃の懇切は草の蔭にても忘る可《べか》らず。ただし飛鳥《ひちょう》つきて良弓《りょうきゅう》蔵《おさ》めらるゝと云へば、御《ご》辺《へん》も身の用心をなし玉へ。信長は終に非業の死をなし玉ふべく、我等もかくなり果《は》れども魂魄この土にとゞまり、恨を泉下《せんか》に報ずべきなりと言終りて、十三人ともに腹を切て、同じ枕に伏たるは、哀れにもまた殊勝なり。信長この首ども獄門にかくべしとありしを、弓矢の上にて討たらばさも有りなん。これはたばかりて腹切らせしなり。正しく殿の表裏を世に知らすに似たりと申すものゝありしにより、その事はさて止みにけり。実は光秀につきて降参せしを嫉《ねた》く思召しての事なるをや。死骸をば、光秀の沙汰として慈恩寺に葬送なしたり。

前には秀治の切腹を以て、光秀の詐偽に出でたりとなし、後には信長が嫉妬に起りし事となす。同一太閤記にして、前後矛盾かくの如し。信ずるに足らざる也。然るに諸史往々この誤を伝へて憚らざるは何ぞや。試みに光秀が母を質とせし乎、否を判ずるに先だち、光秀に質とすべき母あり乎否を一考せん。光秀幼稚にして父母を喪ふ。質と為すの母なき也。然らばすなはち所謂《いわゆる》叔父光安の妻にして光秀を鞠養《きくよう》せし義母なる乎。諸史皆な爾《し》かく言へり。然れども、光安の明智城に戦死せんとするや、光秀その慈愛深き遺訓に感泣し、その二子光春・光忠を携へて城を出づ。未だ光安の妻を携へしを聞かざる也。もしそれ果して義母在りとするも、謹厚彼の如く、智謀彼の如く、勇健彼の如く、文深彼の如き光秀にして、所謂恩庇《おんひ》生母と均しき慈母を以て、自己が詐偽の犠牲とするを忍ぶべき乎。或は曰く、光秀質を八上に送らんと欲すれども、当時母氏を除きて他にその任に当る者なし。故に已むを得ずしてこれを為せりと。何ぞ然らんや。光秀には明智出城以後、備《つぶ》さに辛酸を倶《とも》にしたる最愛の妻ありき。妻それ質に当らざるか。光秀は当時実に男女七人の愛子あり。長女は永禄十二年の冬十六歳にして明智左馬助光春に嫁し、次は元亀元年夏十五歳にして治右衛門光忠に嫁し、次男十次郎は今年筒井順慶の猶子となり、今已に膝下に在らずといへども、なほ長幼四人を残す。女にして不可ならば、嫡男十兵衛光慶《みつよし》可なり。三男乙寿丸またその任に当るべし。何ぞその人なきを苦しんで、恩庇生母と均しき義理ある叔母を煩はすの愚を為さんや。ことごとく書を信ずれば、書なきに如かじ。いやしくも事理を知るものにして、這般《しゃはん》の真偽正否を判ぜんと欲せば、日常茶飯の労を俟《ま》たざる可《べ》し。しかも本末表裏顚倒して、ほとんど一笑にだも価《あた》ひせざる児戯の説に拠り、以て光秀母を殺せりと論断するに至る。粗漏の極なり。噴飯の極なり。

八上城陥落の事実、本書記載の如くにして、むしろ光秀の仁慈寛宏を証するに足れりとせば、信長が光秀の詐偽卑怯を憎みて、故《ことさ》らに波多野氏を殺せりといひ、もしくは光秀が信長の無情を恨みて叛心ありといふ。また固《もと》より無根の虚説たるを知るべし。嗚呼《ああ》光秀如何に功名に急なりといへども、彼の蕞爾《さいじ》たる一孤城を取らんが為に、爾《し》かく浅薄残忍なる詭計《きけい》を用ひて、自ら足るの小丈夫ならんや。歴史の信ず可らざる、往々にしてかくの如きものあり。或は曰く、光秀の丹波を征服するや、亀山《かめやま》に城きて《きず》周山と号す。けだし窃《ひそ》かに自ら周の武王に比し、信長を以て殷《いん》の紂王《ちゅうおう》に擬する也と。何ぞ人をして噴飯せしむるの甚だしきや。想ふにこれ光秀が信長の無情を恨みて、叛心ありといふに因《ちな》みての説ならんも、周山は亀山の改称にあらず。すなはち亀山と愛宕山《あたごやま》との間において、光秀が新たに修築せし所なり。しかも周山と号するが故に、周の武王に比すと為すも、当時光秀の信長に寵用せらるゝや、むしろ太《はなは》だ過ぎたるの観あり。何の恨む所か、敢て信長を以て殷紂《いんちゅう》に擬するの遑《いとま》あらんや。もしそれ周の字を解せんと欲せば、豈に必ずしも武王放伐に限ると為さんや。人あり、これを解して周山を修めしは、すなはち光秀が周公の聖を追慕して、心窃かに社稷《しゃしょく》の重を任ずるに在りと曰はゞ、また光秀の謹厚典雅を保証すべき一美談として、修身訓蒙の一頁を盈《み》たすに足らざらん乎。好笑《こうしょう》と謂ふ可き也。

明智氏の盈満

長岡藤孝、一色義直を攻む　一色義俊　鬼ケ嶽の掃蕩　藤孝と光秀　君恩優渥　最後の大掃蕩　光春・光忠の殊功　光秀の家庭　日本平定の方略　明智氏の盈満

所謂《いわゆる》光秀の詐偽《さぎ》卑怯《ひきょう》を悪《にく》むの信長が、いかに温情を寄せて光秀を厚待せるか。所謂信長の無情を恨みて、叛心ある光秀が、いかに誠意を尽して、信長に臣事するかを見む。波多野征伐終りて後、信長光秀の親友なる長岡藤孝に命じ、丹後国田辺の城に一色義直《いっしきよしなお》を征せしめ、光秀をしてこれを佐《たす》けしめたり。義直二将の至るを聞き、戦はずして但馬に奔《はし》らんとす。我兵途にこれを要撃して義直を獲たり。義直の子、義俊剛健にして善く戦ふ。従卒五十余騎と逃れて弓の木の嶮要《けんよう》に拠る。惟任氏の族、光忠追《つい》

躡《じょう》してこれを囲む。藤孝、義俊の勇を惜しみ、間に居て和を講じ、遂に義俊を降《くだ》してこれを安土に報ず。しかるに光秀の乞《こい》を斥《しりぞ》けて、波多野兄弟を慈恩寺に殺せし信長は、また藤孝の懇請を容れずして、義俊を殺さしめき。

かくて丹後国ほぼ帰服せしを以て、藤孝に賜ふに田辺城を以てす。しかしてなほ残党の蜂起を防ぐ為めに、光秀命ぜられて精兵三百余人を宮津に置き、以て藤孝を援《たす》けたり。

この年十月、丹波福知山の領民訴へて曰く、鬼ケ嶽の逆徒動《やや》もすれば、所在に出没して、掠奪を擅《ほしいまま》にし、百姓枕を高うする能はず。願くは国主の威武を以てこれを誅滅せよと。光秀すなはち潜行して鬼ケ嶽に至り、昧爽《まいそう》鋭を尽して城に薄《せま》り、城主釈伽牟尼仏《みるくべ》靱負《ゆきえ》・宇津木大和守を斬り、二百余人を屠《ほふ》る。この輩かつて波多野と援引して、我が命《めい》に服せざりしもの也。而後《じご》領内を巡検して、坂本に還り、翌七年正月安土に至り正を賀す。

九日信長、安土城周武の室に光秀及び藤孝を招き、林佐渡守を以て旨を伝へて曰く、客歳《かくさい》二人力を合せて速かに丹後国を平定せしこと、祝着《しゅうちゃく》これに過ぎず。殊に光秀は、大兵を起して藤孝を扶《たす》け、智謀を廻らせしの条、感賞浅からず。藤孝たる者、またこの厚誼を捨つ可らざる也。依之《これによつて》余親しく媒《なかだち》となり、光秀の三女を藤孝の子与七郎忠《ただ》興《おき》に配し、以て永く両家の親睦を結ばんと欲すと。二将大に喜び、君恩の優渥《ゆうあく》なるを感謝せり。

その日晩景、信長漢楚の室において二将に面し、良縁を祝す。しかして光秀に謂つて曰く、余が甥、信澄《のぶすみ》(織田七兵衛)已に長成す。不日一城を与へて武職に就かしめんと欲す。乞ふ汝が四女を以て、信澄に配し、教誡を加へて我が支族たるの面目を保たしめよと。光秀謹んで命を拝し、重《かさ》さなる君恩の渥《あつ》きに感泣して、やがて坂本に帰りぬ。

同年二月十六日、三女は十六歳にして細川忠興と華燭の典を挙げぬ。次で四女また信澄に嫁し、信澄は尼ケ崎城主たり。時に丹波国はほとんど平定せりといへども、高見城の主、赤井五郎宗夏、保月城の主、赤井悪右衛門宗重なほ未だ服せず。光秀すなはち最後の大掃蕩を行はんとし、丹波・近江の兵を挙げて八月九日金山に陣し、次で先づ保月を攻め、佯《いつわ》り敗れて軍を退く。高見の敵これを望見し、城を虚《むなし》うして出で、保月の兵また突出腹背より挟み撃つ。しかしてこれ光秀が予《あら》かじめ謀《はか》りて敵兵を誘ふ所、戦機既に熟せるや、一軍たちまち起り、鼓譟《こそう》して両城に薄《せま》る。敵遂に支ふる能はず、宗重・宗夏共に首を授く。この役や、光春・光忠の二将、奮戦殊功あり。信長遥かにこれを賞し、光春に一文字の名刀を、光忠に多賀谷鹿毛と名《なづ》くる駿馬を賜ひき。

ここにおいてか、丹波全国また敵の隻影《せきえい》だもなく、惟任氏の領地、実に五十四万石の多きに達す。光秀時に年五十二、夫人妻木氏四十五歳、嫡男光慶十一歳、隠岐五郎兵衛・妻木七左エ門・内藤三郎右エ門これを輔佐して丹波国亀山に在り、次男十次郎は筒井氏の猶子にして八歳、三男乙寿丸は五歳、光秀の膝下に在り。長女光春に嫁する者二十六歳、次女光忠に嫁する者二十四歳、三女は細川忠興の妻にして十六歳、四女は信澄に帰《とつ》ぎて十四歳、以上七子皆な妻木氏の正腹たり。従弟光春・光忠の二人は、当世無双の良士にして、その忠勇智略、洵《まこと》に惟任《これとう》氏の股肱《ここう》たり。その他の家臣、また一時の選良にして能《よ》く光秀に心服す。信長かつて光秀と日本全国平定の方略を定む。北陸道は柴田勝家に、東山道は滝川一益《かずます》に、東海道は徳川家康に、南海道は佐久間信《のぶ》盛《もり》に、山陽道は羽柴秀吉に、各征討の任を命じ、山陰道及び九州は、光秀実に経略の任に当る。以てその声望を卜《ぼく》す可き也。今やその領地は、丹波・近江の二国に跨《また》がり、官位は従五位上、日向守に至る。一門親族の繁昌寔《まこと》にその時を得たり。かつて京師に流寓するや、飢寒困窮交《こもご》も至る。妻女その髪を売つて一時の急を救ひしの美談は、既に人の普《あま》ねく知る処、しかも当年の一寒士、今や数城に南面《なんめん》し、五十四万石を脚底《きゃくてい》に置く。半霄《はんしょう》坂本城頭の月明に対して、はた何の感をか惹く。想ふに光秀の風流典雅なる、この間豈に吟咏の伝ふべきもの莫《な》からんや。史籍これを載せず、惜しむべき也。

国内既に平らぎ、兵足り、馬肥ゆ。ここにおいてか、進んで山陰・九州の草莱《そうらい》を闢《ひ》らき、以て織田家百年の偉業を大にするを努め、予定の任務を果さんと欲し、しばしば乞うて兵を出さんとす。奈何《いかん》せんや、盈満《えいまん》の極は、すなはち欠損の漸《きざし》なり。狡兎《こうと》已に死して、良狗《りょうく》何の用かある。城頭夜烏の声、知らずこれ何の兆ぞ。

織田信長

信長の祖先　幼時の奇行　平手政秀の憤死　信長の自俊　天下の気運　天資の美なる部分　群雄割拠　英傑的資格の盈満　半面の性格　荒木村重関盛信と雲林院祐基　佐久間信盛　林光豊と伊賀範俊　秀吉の先見　信長の暴戻　信長の鑑識　旗下の英雄　秀吉と光秀と勝家　信長の白眼　光秀の人物

光秀の主君たる織田信長は何人《なにびと》ぞや。その先は平の重盛《しげもり》に出づ。重盛の次子を資盛《すけもり》といふ。元暦年中、平氏族を挙げて西海に滅亡するや、資盛に孤児あり。その母これを懐《いだき》て近江の国津田郷に匿《かく》れき。郷の長某その姿色を悦び、これを納《い》る。児また従つてその家に育せられ、後越前の国織田庄の祝人《はふり》に養はれて、終《つい》に織田氏を冒し、親真《ちかざね》と名づけぬ。子孫世々祝人たり。足利氏天下を定むるに及び、越前・尾張二国は斯波《しば》氏の管内に帰す。斯波義重かつて出遊し、織田祝人の児を見て、これを美とし、乞うて以て近臣と為し、後終に大に用ゆ。織田信秀《のぶひで》に及び、自立して尾張を取る。信長は信秀の子也。幼字を吉法師といふ。那古屋《なごや》に城《きず》きて居る。資性跌蕩《てっとう》、情を縦《ほしい》まゝにし、毫《ごう》も自ら省みる所なし。喜んで服装を奇にし、大刀を佩《お》ぶ、かつて二丈の長槍を作りて曰く、長槍は戦ひに利ありと。以てその奇行を追想すべし。嗣立するに及び、上総介と称す。放縦度なく、暴行益〻甚し。傅《もり》、平手政秀《ひらてまさひで》極諫《きょっかん》すること数次、しかも頑として改悛《かいしゅん》の状なし。政秀憂懣《ゆうもん》の余遂に自ら刎《くびは》ぬ。信長驚惋《きょうわん》自ら咎め、これより大に過を改め、行を励む。しかして能く隣国の強敵を防圧し、若冠にして早く既に千里の志あり。今川氏に克《か》ち、斎藤氏に克ち、将軍義昭の為めに義を唱へて、京師の荊蓁《けいしん》を闡除《せんじょ》し、しかして終に足利氏を亡ぼして、大に恩威を樹《た》つるや、鋭鋒嚮《むか》ふ所として克たざるなく、三好党は屏息し、浅井・朝倉二氏は首を授け、比叡山は焦土となり、本願寺の僧侶また屈す。この時に当り、天下の人心漸く応仁以来の惨劇に倦み、小党の紛争滅却して、大合同の新気運滔々《とうとう》として海宇《かいう》に漲らんとす。あたかも好し、信長が心腹の患と為せし信玄・謙信の二雄相踵《あいつい》で死し、偶然の気運は畿甸《きでん》の二十余国を捧げて、その脚底に致しぬ。その居る所の地は、天下の首脳なり。その率ゐる所の将士は、天下の俊秀なり。しかも勇邁《ゆうまい》・果敢・胆略《たんりゃく》・鑑識等の文字を以て形容すべき信長の天資の美しき部分は、以て天下の気運に乗じて、覇業を大成するに恰好なる利器にして、しかしてこの利器の応用、誠に縦横の妙を極め、彼の西海の魚腹を免かれて、寿永の秋の浜風に散り残りたる平氏の遠裔は、今や従二位右大臣の栄爵に上り、まさに四海を統一して、遠祖の遺業を回復せんとするに至る。信長また千古の偉人と謂ふ可し。

海内《かいだい》の群雄、拏攫搏囓《だかくはくげつ》、徒《いたず》らに尋常を争ふの時、眼を全局の大勢に放ち、志を天下の混一に馳せ、区々たる虚名に拘泥《こうでい》するを為さずして、力を中央の経略に専らにし、終に覇業の形勢力を造り、新気運を闢《ひら》く。その超世の材略、けだし何人もこれを疑はざる也。しかも北条氏は関東に、毛利氏は中国に、長曾我部氏は四国に、佐竹・最上・伊達の諸氏は奥羽に、大友・龍造寺・島津諸氏は九州に割拠し、武田氏衰へたりといへども、勝頼の剽悍《ひょうかん》未だ俄かに侮るべからず。上杉氏振はずといへども、景勝の胆略また頗《すこぶ》る顧慮するに堪へたり。織田氏の前途豈に遠からずとせんや。然りといへども、信長は竟《つい》に千里の材にして止む者也。未だ以て天下の材と為す可《べか》らざる歟《か》。彼の勇邁・果敢・胆略・鑑識等の美なる半面の天資は、中央二十箇国の経略に用ひ尽されて、その英傑的資格は、既にほとんど盈満しぬ。眼を転じて他の方面より信長の人物を観察せんかな。鑑識あり、能く人を用ひし信長は、妬心《としん》あり、能く人を疑へり。磊落《らいらく》の性ありといへども、また刻厲《こくれい》の病あり。寛優にして能く容れしといへども、また残忍にして能く害《そこな》へり。勇邁の裏には猜吝《さいりん》あり、果敢胆略の半面には粗放驕慢あり、要するにその長所と、欠点とは、表裏ほとんど相半ばして、明確に区別を為し得べからざりき。しかしてその半面の白き部分は、英傑としての信長を説明すると同時に、他の半面の黒き部分は、まさに不具者としての信長を説明せんとする也。

荒木村重《むらしげ》は雄豪を以て当時に鳴りし者なり。天正元年、信長の旗下に属してより、数度の戦場に奇功を奏し、終に摂津十三郡を剪取《せんしゅ》して、摂津守に封ぜられぬ。然《しか》るに一旦信長の逆鱗に触るるや、たちまち大兵の攻むる所となり、その妻孥《さいど》は尼ケ崎に磔せられ、その氏族三十余人は京師に誅戮《ちゅうりく》せられたりき。

伊勢国亀山の主、関盛信(安芸守)、同国長野の主、雲林院《うじい》祐基《すけもと》(出羽守)の二将また故なくして放逐せられき。

織田氏の長老として、柴田勝家と並び称せられし佐久間信盛(右衛門尉)は、数年天王寺を戍《まも》りて、遂に殊功の人を驚かすもの無きの故を以て、その子正勝は茶道を学ぶの故を以て、父子共に高野山に放たれ、七千人の家臣、たちまちにして流離の厄に遭へりき。

もしそれ尾張国智多郡の主林光豊(佐渡守)、濃州河戸《ごうど》の主伊賀《いが》範俊《のりとし》(伊賀守)二将の罪せらるるに至つては、奇もまた甚しきものあり。かつて信長の庶子、北畠《のぶかつ》信雄の師を出して、伊賀国を征するや、信長すなはち林・伊賀二将をしてこれを援けしめたり。然るに信雄連戦利あらず、遂に伊賀の国境に入る能はずして、空しく師を班《か》へせり。信長これを聞き、激怒信雄の柔弱を叱責し、しかしてその余唾《よだ》、林・伊賀二将に及ぶ。林は二十五年前、その弟の罪あるに坐し、共に誅戮《ちゅうりく》せらるべきを、今日に至るまで延引せりとて、伊賀は十四年前、武田信玄に内通せし風聞ありしを、内外多故にして当時これを糾問せざりしとて、共にその領地を没収せられ、半生の功名空しく、一時の泡沫となれり。

そもそも諸功臣のかくの如く連《しき》りに罪名を附せらる、所以《ゆえん》のもの、讒舌《ざんぜつ》これを傷《きず》つけて然る乎。はた罪状のこれに適ふが故に然る乎。慧敏なる秀吉は、夙《つと》にこの間の消息を解せり。その封を加へて二十余万石に至るや、謀臣に謂つて曰く、主公外優裕なりといへども、内頗《すこぶ》る猜吝《さいりん》なり。吾《わ》れ大封を受く、必ずや終りを保つ能はじと。因《よっ》て信長の子、秀勝を養つて義子と為し、以て暗に自衛の策を取りき。

松永久秀を詬罵《こうば》して、その叛逆を激越したる、僧侶の暴横を懲らさんとして、国家鎮護の霊場たる比叡山を灰燼《かいじん》としたる、浅井・朝倉二氏の首級《しゅきゅう》を以て酒盃を造れる、浅井長政《ながまさ》の幼児を串刺にせる等、これを挙ぐれば信長の残忍狠戻《こんれい》を証するもの、一、二にして足らず。かくの如くんば、すなはち依然たる幼時の信長のみ。彼《か》の放縦狠戻の驕児《きょうじ》を以てして、しかして天下の政治を執り、生殺の大権を握る。危険これより甚だしきはなし。顧《おも》ふに信長の起るや、鋭意以て人材を登庸せり。しかもその鑑識明確にして、所謂《いわゆる》泥土の中に将軍を作るの概《おもむき》ありき。故に四方の逸材、靡《び》然《ぜん》として英風に服し、猛臣謀士自ら旗下に蝟集《いしゅう》して、以て健全なる一大勢力を作る。もしそれ指を屈して英雄を織田氏の旗下に数ふれば、滝川一益の如き、丹羽長秀の如き、中川清秀の如き、佐々成政《さっさなりまさ》の如き、前田利家の如き、徳川家康の如き、皆な以て一代に卓絶する者、なかんづく羽柴秀吉・柴田勝家・明智光秀の三者は織田氏の創業に欠くべからざる立て役者なりき。秀吉の智、勝家の勇、光秀の文、共にこれ元亀・天正の武士を代表すべき英雄の好標本なり。しかして秀吉は、人奴の賤に起り、光秀は落魄の一浪人を以て仕へ、勝家はかつて叛を謀りて信長を殺さんとしたる者なり。信長の能くこれを容れて、宿将の上位に居らしむる者、また以てその大局の逸材たるを推知すべし。然るに今や舞台一転して、織田氏既に中原《ちゅうげん》の鹿《しか》を獲るに及び、信長が美なる半面の性格は、漸《よう》やく主位を退き、しかして他の悪しき半面の天資、まさに客位を転じて活動せんとす。かつて青眼を以て、四方の俊秀を待ちしもの、今や、白眼を放つて旗下の将士を猜忌するに至る。佐久間・林以下の宿将が、或は茶道を好むの故を以て、或は二十余年前の事故を以て、紛々として罪名を蒙る所以のものは、豈に信長が半面の欠点を説明するにあらざる乎。けだしこれを取るはなはだ難し。これを持する自から急ならざる能はず。頼朝はこれを以て義経を殺し、漢高はこれを以て韓信を烹《に》る。信長の将帥を待ち、臣民を御する、遂に猜忍刻厲《こくれい》の病を免るゝ能はざるは、また勢の必至なり。北条の猾《かつ》にあらざれば、以て頼朝の狐疑を防ぐ可《べか》らず。張良の智にあらざれば、以て漢高の逆鱗を避くる能はず。秀吉はすなはち彼《か》の猾と智とを兼ぬる者、故に夙《はや》く箇中《こちゆう》の機微を洞察して、他日の計を為す。勝家に至つては、その勇余りありといへども、その智足らず、的これ野猪の群のみ。未だ以て深く怖るゝに足らざる也。しかして終に韓信たり、義経たる者は誰乎。信長既に白眼諸功臣を見る。彼の秀吉の如き、勝家の如き、光秀の如き異彩ある者は、すなはちその猜忌の視線に触れ易しと為す。しかも羽柴・柴田既にその人にあらずとせば、光秀たる者終に免れ難きを奈何《いかん》せん。

光秀慎重自ら持し、識度深遠にして測る可らず。しかしてその材芸において、品格において、性質において、これを戦国武士としては、はた信長の幕下としては、むしろはなはだ真面目《しんめんもく》に失す。智ならざるにあらずといへども、変通を欠く。故に秀吉の如く滑脱《かつだつ》自在なる能はず。勇ならざるにあらずといへども、文深に過ぐ。故に勝家の如く粗落豪快なる能はず。要するに誤解され易き人物なり。姦物視され易き人物なり。ここにおいて乎、胡為《なんす》れぞ、彼の信長の白眼に映ぜざるを得んや。惟任氏の運命もまた危《あやう》い矣哉《かな》。

武田征伐

伊賀範俊と稲葉長通　那波と斎藤　光秀の義心　利三帰るを肯んぜず　斎藤利三と光秀　信長兵馬を閲す　光秀の異色　信長光秀を賞せず　怪しむべき幻影　老驥櫪に伏す　武田征伐　信長、稲葉長通を誚む　長通の讒誣　光秀の軍隊　信長の言　信長、光秀を打つ　備考　暴逆の極狠戾の極　更らに光秀の人物を一考す　容忍堅耐の人　光秀の誤解

天正八年伊賀範俊の放たるゝや、書を隣境の友人稲葉長通《ながみち》に寄せて曰ふ。我輩俄《にわ》かに譴《せめ》を蒙りて、領地を没せられ、家臣皆なこれより離散せんとす。足下もし旧交を捨てずんば、願くは我が為めに後事を処せよと。書辞はなはだ慇懃なりき。長通は濃州曾根の主、伊予入道一哲斎と称す。資性姦佞《かんねい》、斗筲《とそう》の群なり。範俊の書に接せしとい

へども、或は後難の及ばんことを恐れ、捨て、これを顧みず。却つて配下の無頼を遣はし、伊賀氏の窮厄に乗じて、その城邑を劫掠《きょうりゃく》せしめたり。範俊の部下大《おお》いにその陋劣《ろうれつ》を怒り、出で、彼《か》の無頼と戦ひ、十数人を斬殺せり。長通これを聞き、憤懣措《お》かず、兵を起して範俊の退路を掩撃《えんげき》せんと謀る。家臣那波和泉守《なわいずみのかみ》・斎藤内蔵之助その暴横を見るに忍びず、言を極めて長通を諫め、事僅かに止むを得たり。然るに、長通これより二人を疎斥《そせき》して見《まみ》ゆるを許さず。二人私邸に蟄居し、快々《おうおう》として楽まず。相謂つて曰く、主公暴横卑怯、人君の器にあらず。我輩豈《あ》に坐して死の至るを待つべけんやと。六月下旬、遂に相携へて曾根を脱し、坂本に至りて光秀に馮《たよ》れり。

光秀かつて濃州明智に在り、斎藤・那波二人と相知る。今や二人亡命して来つて我れに馮る。義これを逐《お》ふ可らず。すなはち奥田左衛門・三宅式部に命じて二人を舎《やど》らせしめ、稲葉氏の安土に到るを窺ひ、友人猪子兵助と謀り、二人のために長通の怒りを解かんとし、周旋はなはだ勉めたり。長通固より深く二人の亡命を憤るといへども、明智・猪子二将の仲裁に対し、稍《よう》やくその帰国を首肯せり。光秀その周旋の効あるを喜び、これを二人に告げて再び主家に帰らしめんとす。然るに斎藤独り肯《がえ》んぜずして曰く、某《それがし》曾根を去るの時、自ら矢《ちか》つて再び稲葉家の粟を食《は》まざるを期せり。今において志を渝《かえ》る能はず、已むを得ずんば、屠腹《とふく》地に入らんのみと。意已に決し、頑として光秀の勧告に応ぜず、ここにおいて光秀大に窮し、長岡藤孝及び猪子兵助に頼り、更《あらた》めて長通に謝し、惟《ひと》り那波を帰参せしめ、漸くこの和解を終れり。かくて後斎藤は、流浪の身となりしを、光秀その雄豪を惜しみ、終《つい》に収めて家臣と為せり。或は曰く丹波において二万石を給し、猪口山の城主と為すと。内蔵助は利三《としみつ》といふ。美濃の人なり、或は曰く光秀の妹は利三の母なり。また或は曰く利三の妹は光秀の妻なりと。初め斎藤義龍及び龍興に仕へ、後稲葉長通に属し、今やまた明智氏に臣たり。俚説利三を以て、明智家唯一の勇将謀臣なるが如く称すといへども、これはなはだその実に過ぎたるが如し。ソハ兎も角も、思ふに光秀が利三を容《い》れたるは、或書の記せるが如く、その雄豪を愛するの余り、故《ことさ》らに好餌を与へて稲葉氏より奪ひしにあらず。彼れ既に和解を容れず、長通またこれを問はざるに決したるを以て、一片の義心、かつはその流浪を憐れみ、かつはその材幹の取るべきを取り、はた一旦我れに憑《たよ》りし者を、スゲナク追ひ放つにも忍びずして、収めて以て家臣の列に加へしなるべし。しかもこの一事は、他日彼《か》の姦佞卑怯なる長通が、讒間《ざんかん》の口実となり、終に織田・明智二氏の衝突を速かならしめたるもの、人世洵《まこと》に意外の変多しと謂ふべき而已《のみ》。

既にして天正九年となりぬ。二月二十九日信長馬を京師に閲《けみ》す。けだし頼朝の富士の巻き狩、足利義満《よしみつ》の馬揃へに擬し、以て威武を天下に示さんと欲する也。埒《らち》を皇宮の東に造り、正親町《おおぎまち》帝の天覧を乞ひ、盛観転《うた》た人目を驚かしめき。しかしてかくの如きは、光秀の必ず出ざる可《べか》らざる場合なり。これを旧記に稽《なぞら》へ、これを故式に則り、礼法を正し、儀典を明らかにし、以て泰平復古の祥兆《しょうちょう》を為すもの、信長の幕下光秀の外その人を求む可らず。けだし光秀はむしろ衣冠礼楽の朝廷に立ちて、治世の能臣たるべき者なり。その材芸と学識とは、新時代を作り、新文明を闢《ひら》くにおいて、もっとも欠く可らざる好資格にして、由来これを以て、疎落乾燥なる信長の政治を潤色せしもの、一にして足らず。しかして光秀能く献策し、信長能く嘉納《かのう》す。言うて聴かれざるなく、容れて賞せざるなし。然るに今や京師における兵馬大演習を挙行するに当り、光秀命を承けて勉強その儀式を整へしといへども、信長のこれを賞するまた前日の如くならざりき。

この時に当り一箇怪《あや》しむべき幻影は、髣髴《ほうふつ》として光秀の眼界に浮び来れり。何ぞや、前章ほぼこれを述べしが如く、信長かつて光秀に約して、山陰道及び九州の採題たらしめんとせり。光秀雄志これが為めに動き、すなはち先づ領内を掃蕩して、後顧の患を断ち、馬を調べ、兵を練り、以て逸《いつ》を予定の外征に舒《の》べんと欲し、しばしば信長に乞うて兵を山陰に出さんとせり。しかも信長辞を設けてこれを許さず。顧みて他の羽柴・柴田を見れば、一は北陸に向ひ、一は中国に下り、戦功連《しき》りに奏し、快聞日に至る。我れ惟《ひと》り旧時の選に漏れ、老驥櫪《ろうきれき》に伏して空しく他の功名を羨望す。日夕髀肉《ひにく》の歎《たん》、けだし光秀の堪へ難き所なり。しかもその謹厚沈着なる、思想はあたかも驟雨《しゅうう》の野火を圧するが如く、能く眼前の幻影を打破し去り、健全なる忠志敢て或は渝《か》はることなく、信長の感情夙《つと》に冷却して、我れ既に昨《きのう》の光秀たるを覚《さと》らず。愍《あわれ》むべき也。

時に近畿の経略全く終りしといへども、武田勝頼慓悍《ひょうかん》殺を嗜《たしな》み、しばしば兵を出して我が虚に乗ぜんとす。信長の深患、これに如《し》くものなき也。また〳〵信濃の人木曾義昌《よしまさ》私《ひそ》かに款を送りて甲州の先導たらんことを乞ふあり。信長喜んでこれを容れ、天正十年二月、檄《げき》を関東の北条氏政《うじまさ》に移し、徳川家康と兵を合せて、武田征伐を決す。

嫡子信忠は五万騎に将として木曾路より、徳川家康は三万余騎を以て駿河路より、信長は歩騎七万を率ゐて伊奈口より進み、北条氏また兵を国境に出して声援をなす。甲州の諸将所在潰《つい》え走り、勝頼遂に支ふる能はず、天目山《てんもくざん》に滅亡せり。

この役《えき》や、光秀以下諸将多く従へり。勝頼首を授けて後、信長営を古府に移し、大に功を論じ、賞を行ふに当り、稲葉長通（一哲斎）を誚《せ》めて曰く、汝軍に従ふといへども、遂に寸功の録すべきものなし。怯《きょう》もまた甚しからずやと。長通恐惶俯伏《きょうこうふふく》、僅《わず》かに対《こた》へて曰く、臣に羽翼《うよく》の臣《しん》あり、那波和泉守・斎藤内蔵助といふ。然るに日向守光秀、甘言を以てこれを誘致す。二人遂に亡命して日向守に投ぜり。後漸くにして那波を召還せしも、内蔵助留まつて日向守に事《つか》ふ。臣已にこの一良士を失うて後、兵気振はず、故に今日この責を蒙るに至る。遺憾これに如《し》くものなしと。しかしてこの一条の弁解は、信長が脳底に潜在せし一種の感情を激発して、長堤の決潰し、濁流の天に漲るが如く猛烈なる怒気、見る〳〵その面上に溢れ来り、憐むべし光秀は急に召されて、激怒逆上せる半狂人の面前に引き控へられたり。

光秀のこの役に出づるや、率ゐる所の精兵五千余騎、規律の厳粛なる、鎧甲《がいこう》の鮮明なる、嶄然《ざんぜん》として諸軍隊の間に聳《そび》えぬ。光秀たる者、豈《あに》いさゝか自得の色なしとせんや。顧《おも》ふにかつて一向宗徒と戦ひ、大坂天王寺に陣するや、信長は光秀が軍隊の組織において、訓練において、別に異彩を放つあるを嘆美し、親しく酒杯を部下の諸士に賜うて、大に奨励する所ありき。然るに今や信長の言に曰く、五千の兵馬は多きに過ぎたり。鎧甲の鮮明なるは、諸軍の光彩を圧するの嫌あり。汝衆に抽《ぬき》んで、これを為す、不忠千万なりと。これを聞く者、光秀に非ずといへども、誰れか意外の感を抱かざらんや。しかしてまた曰く、汝謀計を以て稲葉長通の臣、斎藤利三を誘致す。かくの如《ごと》くんば、稲葉等小身の輩は、何を以てか良士を養ふを得んや。大封を恃《たの》みて、他の将士を奪ふ。言語道断の所為なりと。これを聞く者、光秀に非ずといへども、誰か意外の感を抱かざらんや。

光秀はこの奇異なる叱責を蒙り、唖然として言ふ所を知らず。怒り狂へる信長は、双拳を揮《ふる》つて光秀の顔面を乱打せり。

備考　或は曰く、武田氏滅亡の後、信長古府に在りて政治を執るに当り、山梨郡松尾郷の禅刹恵林《えりんじ》寺に、武田家の余党潜伏せりと告ぐる者あり。信長人を遣はしてこれを求めしむ。しかして遂に得る所なし。信長以為《おもえ》らく、これ寺僧の我れを欺き、陰匿《いんとく》して出さゞるなりと。命じて火を放たしむ。光秀傍らに在り、諫めて曰く、恵林寺は武田氏の墳墓地にして、国人の帰依浅からずと聞く。今もしこれを一炬《いっきょ》に附しなば、国中主君の無情を恨み申すべし。新征の国、凡《すべ》て寛宥《かんゆう》の政治を貴ぶことに候と。信長これを聴かずして曰く、光秀の言理ありといへども、我が命《めい》を侮りて、武田の残党を陰匿すること、はなはだ武威を軽んずるの所為なり。試みに思へ、恵林寺と延暦寺と、軽重いづれぞや。天子歴代尊崇ありし比叡山の三塔、一品《いっぽん》親王の貴種として、三千の貫首なりといへども、一旦我が武命に従はざれば、たちまち焦土たるを免れざりき。然るに今において恵林寺の背命を寛宥せば、人或は信長を以て、彼れに薄く、これに厚きとせん。いはんや、僧侶の柴《さい》薪《しん》に死するは、所謂自業自得のみ。この輩豈に他日また我が命に背かざるを保たんやと。光秀また曰く、僧徒果して罪あるも、本堂安置の仏像及び宝庫の経巻・法具これを柴薪に附して、玉石倶に砕かんこと、頗《すこぶ》る惜しむべきなり。先年比叡山において、多くの霊宝霊仏を焼き亡《うしな》ひしこと、既に以て遺憾といふべし。かつや勝頼あまりに暴横にして民心を失ひ、一国遂に主君の掌中に帰するに至る。殷《いん》鑑《かん》遠からず。願くは寛仁の御沙汰こそあらまほしけれと、顔を犯して諤論憚《がくろんはばか》る所なし。ここにおいて信長大に怒り、光秀の首を捉らへてこれを乱打せり。

また或は曰く、信長信州諏訪の某寺に在りし時、光秀賀を述べて曰ふ。「かく目出度事も、年来の骨折《ほねおり》たる故なり。諏訪の郡中皆な御人数なり」と。信長これを聞き、「どこで骨折つた」とて、明智を欄干へ押しつけて打擲《ちょうちゃく》せりと。

また或は曰く、信長諸将と飲宴し、大盃を挙げて光秀に強《し》ゆ。光秀これを辞す。信長大に怒り、刀を抜きて曰く、酒を飲むか刀を飲むかと。かつその頭顱《とうろ》を撃ちて鼓に擬せりと。

しかしてまた恵林寺につき、或は曰く、恵林寺の住持快川《かいせん》、かつて甲州に在りし時、信長これを招待せしも、肯《うけ》がはずして今川家に行き、後甲州に行く。信長また人を遣はして、信玄の動静を問はしむるや、深く信玄の死を秘し、虚を以てこれに答ふ。信長大に怒り、終に甲州を取るに及んで、恵林寺を燔《や》けりと。以上の諸説いづれが真を伝へたるかを知らずといへども、武田征伐の時において、光秀が掩《おお》ふ可らざる大恥辱を被りしの一事は、諸説皆な大同小異にして、また疑ひを容れざるに似たり。

ここに至つて信長の挙動は暴逆の極なり。狠戻《こんれい》の極なり。理を以てこれを論ず可らず。情を以てこれを推す可らず。そもそも犬馬を遇するには、自から犬馬を遇するの道あり。将師を待つには、自から将師を待つの礼あり。もしそれ将師を待つこと、なほ犬馬を遇するが如くんば、何者の量か能くこれを忍ばん。しかもなほかつ可なり、罪過果して咎むべきものありとせば。然れどもその所謂罪過たるや、五千の兵馬を率ゐたる也。軍隊の規律蕭森《しょうしん》なるなり。はた小人の譏舌《ざんぜつ》に誣《しい》られたる誤謬の事実なり。むしろ感賞を受くるに足るの事由を以てして、五十余万石の大国主、従五位、明智日向守源光秀たる者が、如何なる場合にも有るまじき不法非理の最大恥辱を与へらる。儕輩《せいはい》に対する面目を如何《いかに》すべき。臣民に対する威信を如何にすべき。嗚呼《ああ》信長が加へたる鉄拳は、已に明らかに光秀をして致命傷を被らしめたる也。

更《さ》らに光秀の人物を考察せん。武を以て勝るより、むしろ智を以て勝《ま》さり、智を以て勝るより、むしろ文を以て勝さる。豪放にあらずして謹厚なり。勇猛にあらずして健雅なり。磊落《らいらく》にあらずして文深なり。快活にあらずして沈鬱なり。故にその為す所は、疎落に失せずして、或は矯飾《きょうしょく》に失する也。変通に失せずして、むしろ正直に失する也。しかるに、今や稠人《ちゅうじん》中に詬罵《こうば》面折《めんせつ》せられ、その体面も、威信も、名誉も、ことごとく破壊せられたり。これ豈に神経質なる光秀の堪ふる所ならんや。縦《たと》ひ暴虎《ぼうこ》馮河《ひょうが》的の壮士ならずとするも、もし人間普通の感情を有し、当世一般の勇気を有する者ならしめば、進んで信長を斫《き》る能はざれば、すなはちまさに退いて自刃すべきのみ。しかも光秀が平生の轗軻《かんか》不遇《ふぐう》は、光秀を教へて容忍堅耐の人たらしめき。然り容忍堅耐の人、未だ容易にその刀を抜かず、爾《し》かく堪へ難き逆待を蒙るといへども、深く自から引責して、その営に帰り、またいさゝかの怨言悪声を出すなし。けだし光秀の信長と相容るゝや、一日の故にあらず。故に信長を知ること、また自から深からざる能はず。ただそれ主君としての尊崇心は、慥《たし》かにその眼光の幾分を減殺《げんさい》せしむるを以て、彼の半面の良き性格こそ、もつとも明確に、精細に、否むしろ過大に反映したれ。他の半面の悪しき部分に至つては、未だ明かに観察し得ざるあり。故にその冤《えん》を被り、辱を享《う》るに当つても、これを信長の暴戻《ぼうれい》として怨嗟《えんさ》するよりは、むしろ磊落なる主君の常習として怪《あや》しまず。以為《おもえ》らく、主君は荒涼粗放の性、その怒るや、夏日の驟雨の如し。須臾《しゅゆ》にして陰雲一過すれば、胸襟磊々《らいらい》、光風霽月《せいげつ》に似たり。いはんや我れ内に省みて毫髪《ごうはつ》の疚《やま》しき所なし。主君一旦の激怒に乗じて、暴を加ふといへども、不日氷解せば、君臣十年の交誼、また故《もと》の如《ごと》けんのみと。かくの如く自ら信じて、能く感情を制す。故にその志す所は、この鬱憤を漏らさんかとの問題に非ずして、如何にして主君の怒りを解かんかとの苦衷ならずんばあらず。その心事、豈にまた憐むべきの至りならずや。

饗応司及び死刑の宣告

凱旋軍の先鋒　徳川家康　光秀饗応司を命ぜらる　外交的任務　光秀の用意　信長の嫉妬　光秀の弁解　侍童光秀を打つ　長岡藤孝の慰諭　或は曰く注意すべき一事　森蘭丸　蘭丸の慧敏　讒間の源因　騎虎の勢　蘭丸と信長の問答　饗応司を免ぜらる　明智氏臣下の激昂　秀吉援兵を乞ふ　無礼なる回章　群臣光秀に迫る　光秀群臣を慰諭す　信長の執拗　最後の宣告　青山与三　意外なる好音　光秀君恩を謝す　死刑の宣告

既にして信長師を班《か》へし、途《みち》を東海道に取る。光秀その先鋒となり、友人かつ姻戚たる細川藤孝は殿軍となれり。しかしてこれ光秀の意外に感ずる所なり。何となれば、当時の軍法として、先陣と殿軍とは、もつとも名誉なる任務とせられき。然るに光秀この名誉なる凱旋軍の先鋒たる、豈《あ》に今日予期せし所ならんや。信長を目して怒り易く、解け易しと思惟せしもの、ここに至つてはなはだ当れるに似たり。光秀この一服の清涼剤を得ば、やや平《たいら》かに、四月二十一日を以て安土城に凱旋しぬ。

この役や徳川家康の戦功多きに居る。信長すなはち駿・遠・三、三州の国主となし、帰途浜松を過ぎ、城中に宿して以て好意を示す。家康また途を清めて供帳し、饗応はなはだ努めたりき。

五月中旬、家康安土に来り、武田氏の滅亡を祝し、かつ加封の謝を陳ぶ。信長すなはち光秀に謂つて曰く、曩日《のうじつ》我れ師を班《か》へすに及び、家康意を尽して途次に供帳し、かつ浜松における厚誼一《いつ》に汝が知る所なり。彼れ今安土に来らんとす。酬《むく》いざる可《べか》らず。汝能く我が意を帯し、礼を厚うして家康を饗せよと。

当時徳川氏は、眇《びょう》たる一小諸侯に過ぎざりしといへども、しかもその声望は、夙《つと》に列国の間に知られ、家康また識度高遠にして、自ら持するはなはだ厚く、多年信長と同盟して、強敵武田信玄に当りしといへども、未だ膝を屈して織田氏に臣と称せず。しかして信長またこれを待つに賓礼を以てし、両者の地位は、主従にあらずして、むしろ朋友なりき。故に家康の安土に来るは、両家の同盟を堅固ならしむるにおいて、恰好の機会を与ふるもの、これが饗礼を掌《つかさど》るは、すなはち一の外交家的重要なる任務たるを失はず。その選に当る者、豈に名誉ならずとせんや。然り当時かくの如きは、実に重要にして、光栄ある職分たるを認識せられき。然るに光秀特に選ばれて饗応奉行となる、またはなはだ意外の感なくんばあらず。

甲府において非理なる譴責を被りし以来、さすがに快々《おうおう》として楽まざりし光秀は、一たび凱旋軍の先鋒となり、二たび饗応司の選に預かり、信長が曩日の不興は、果して一時の暴怒に出でしを推想し、確信し、一は以て主君の感情和《やわら》ぎたるを喜び、一は以て自己の伎倆を表はして、更《さ》らに主君の信任を博すべき機会に遭遇したるを喜び、全幅の喜悦を以て主命を了し、その得意の式法典故を査《しら》べ、なほ足らざるを補はんため、京師の博学を招きて顧問となし、黄白《こうはく》の費用を惜しまずして、盛んに饗礼を張り、善美備《つぶ》さに尽す。かくて家康は、五月九日浜松を発し、十五日安土に着す。光秀これを迎へて大宝坊に入れ、饗応特に意を用ゆ。家康深く喜悦し、明智氏の長臣左馬助・治右衛門・十郎左衛門・藤田伝五・四方田但馬守・並河掃部助・村上和泉守以上七人を召し、懇《ねんご》ろに意を伝ふ。

翌十六日、信長大宝坊に入り、家康に面会す。光秀殊に礼を正して二将を饗し、心私《ひそ》かに自ら足る。しかも信長は、饗礼のはなはだ盛んなるを見て、その嫉妬偏執の念勃如《ぼつじょ》として禁ず可らず、翌日安土城に光秀を召し、誚譲《しょうじょう》して曰ふ、余汝に命ずるに意を用ひて家康を饗するを以てすといへども、汝が為す所はなはだその分に過ぐ。家康何者ぞ。駿・遠・三、三州の大守たる余が幕下の客将に過ぎず、汝これを待つこと彼の如くんば、他日もし天子を饗するが如きあらば、はた何の礼を以てかこれを能くせん。思ふに汝夙《つと》に叛心を蓄《たくは》へ、今や家康の来るに乗じ、私《ひそ》かに相通じて、他日の計を為すのみ。然らずんば、胡為《なんす》れぞ家康に対して爾《し》かく慇懃なるを得んやと、辞色共に励《はげ》し。嗚呼《ああ》この言を聴く者、光秀にあらずといへども、誰れか意外の感を抱かざらんや。

光秀はこの意外の叱責を蒙るに及び、瞢然《ぼうぜん》自失、且《しば》らく答ふる所を知らず。廑《わず》かに首を俯して曰く、家康の饗礼意を用ひよとの君命に候へば、光秀が心の及ぶ所を尽したるに、礼法備はらずとの叱責を受け候はんには、光秀が大命を粗略にせし罪免れがたしといへども、用意法に過ぎたりとは、却つて光秀が尽力の効も顕はれ候。ただし家康に通ぜるものとの御疑ひは、憚りながら、余りに光秀を軽ろしめ玉ふならずや。光秀不肖といへども、丹波・近江に五十余万石を拝領して、織田家の幕下に名を知られたる者、胡為《なんす》れぞ厚恩の主君に背き、若輩なる家康に媚びて私心を挟むことの候はんや。恐らくはこれ賢慮の一失にやおはすべしと。堅忍なる光秀も、ここにおいて黙する能はず、全幅の誠意を傾けて信長の疑ひを解かんと努めたり。然れども意を尽せよと命じて、意を尽したるを怒るが如き人、何の遑《いとま》かありて、この弁解に耳を藉《か》さんや。神気ほとんど狂乱して、是非正邪の弁別を知らず、大声叱咤、口角沫《あわ》を飛ばし、詬罵《こうば》狼藉《ろうぜき》、終に侍童に命じて光秀を打たしむ。

命を享けて何の思慮分別もなき侍童等は、各《おのおの》扇を挙げて光秀の面上を乱打せり。狂へる信長は益〻狂ひ、なほ烈しく侍童に命ずれば、森蘭丸《らんまる》鉄扇を揮《ふる》うて踊躍《ようやく》しつゝ健《したた》かに打つ。頭顱《とうろ》破れて鮮血淋漓《せんけつりんり》、衣を浸せり。光秀は潸然《さんぜん》声を呑み、端坐動かず。やがて流るゝ血汐を押さへて退出するや、彼の親友長岡藤孝これを迎へ、窃《ひそ》かに慰諭《いゆ》して曰く、叢蘭茂《しげ》らんと欲すれば、秋風これを破り、王者明ならんと欲すれば、讒臣《ざんしん》これを聞す。彼の蘭丸が今日の挙動を見て、少しく思ひ合せたる事あり。彼れは森三左衛門が子にして、未だ加冠せずといへども、齢《よわい》既に二十二歳、一城五万石の主たり。然るに思慮もなき幼童と伍して、主君の暴横を幇助すること、誠にその故なかる可らず。窃かに聞く、彼れが父三左衛門は、かつて西近江において戦死するを以て、彼れ乃父《だいふ》落命の地を得んことを欲するや久しといへども、足下《そっか》既にその地を領し玉へば、彼遂に奈何《いかん》とも為すべからず。毎《つ》ねに以て遺憾となし、陰に足下を失はんことを謀《はか》れりと。足下乞ふ、少しく備ふる所あれと。光秀は情感激越してこれに答ふるに暇《いとま》あらず、涙を垂れて悄然私邸に帰りたり。

或は曰く、光秀の饗応司を命ぜらるゝや、積怨氷解し、悦んで事に従ひ、大宝坊を以て客館となし、湖畔に供帳す。人を京師に遣はして珍羞《ちんしゅう》を購はしめ、器玩供《きがんきょう》具《ぐ》、はなはだ盛んなり。信長鷹を郊外に放ち、帰途大宝坊を過ぎ、魚鳥の腥気《せいき》あるを怒り、草鞋を以て薦席《せんせき》を蹂躪《じゅうりん》し、器具を履《ふ》み砕く。光秀更らにまたこれを設く。時に信長、秀吉の報告を得、畿《き》甸《でん》の諸将をして、兵を備前に会せしむ。光秀またその命を受く。憤恚《ふんい》して曰く、亨礼《きょうれい》未だ了らず、また遠征を命ず。翻覆《ほんぷく》何ぞここに至れるやと。すなはちことごとく珍羞器玩を湖水に投じ馳せて坂本に還る。信長と光秀との関係に就き、ここにもつとも注意すべきは、すなはち森蘭丸の一事なりとす。何となれば蘭丸は、実に信長・光秀を離間《りかん》して、二氏衝突の近因を造せし者なれば也。

小説に、講談に、森蘭丸は慧敏にして、かつ勇猛なる美少年として伝へらるゝ也。彼れ果して講釈師の所謂安田作兵衛と奮戦せしが如き勇者なりしや否や、疑ふ可しといへども、その慧敏なるは、『老談一言記《ろうだんいちごんき》』に、「信長公御爪を取らせられ、森蘭丸をめして、それ捨てよと仰有りけるに、蘭丸立兼ね候故、何として捨てぬとありければ、御爪一つ不足の由申す。御袖をふらせられければ出けり。若年の心付しほらしく思召されける」と記し、また「信長公雪隠へ入らせられし時、蘭丸御刀を持ちしが、御鍔千葉の菊なりしを数へけり。程過ぎて御近習の面々へ、この刀の鍔の菊の数あて候ものに、御刀下さるべしと仰有ければ、面々数を申せしに、蘭丸一人申さゞりける程に、その方はいかにして申さぬかと御尋ねありければ、その儀は御刀持ちし時、数へて覚え候よし、御受け申ければ、御感にてその刀賜はりし也」とあるにても、これを知るべし。父は森三左衛門尉可成《よしなり》といひ、織田家譜代の長臣たりき。信長深く蘭丸の美貌を寵愛し、二十二歳に至るも、なほ童形にて左右に侍せしめたり。蘭丸既に濃州岩村の城主として、五万石を領する一諸侯たりといへども、毎《つ》ねに乃父が落命の地たる、近江国宇佐山を管領する能はざるを憾《うら》み、しかしてこの地既に、明智氏の領たるを以て、光秀在らずんばとの念慮より、終に讒《ざん》を構へて光秀を陥れんとする、一に藤孝が言の如し。然らざるも、既に光秀を猜忌《さいき》嫉悪《しつお》して、窃かにこれを除かんとせる信長は、彼の官宦宮妾にも較べつべき、寵臣蘭丸の誣言《ふげん》をしばしば耳にし、彼此の諸因相合して、光秀を悪《に》くむこと、日一日に甚だしく、しかしてその果敢峻烈なる気性は、逆さまにその嫉妬猜忍の情念を遂行するに用ひられ、騎虎の勢ひ、到頭光秀の血を見ざれば止まざらんとす。事情既にかくの如し、彼の光秀を以て、凱旋の先陣たらしめ、はた客賓饗応の重任に就かしめしが如きは、すなはちこれ信長が胸裡の光明時に密雲を漏るゝものなりといへども、然れども、その猛烈なる感情は、たちまち克己反省の念慮を圧伏して、終に侍童をして儼然《げんぜん》たる一諸侯の頭を打たしむるに至る。この時に当り、蘭丸はかつ主君の意を迎へ、かつ平素の余憤を漏らさんとし、無遠慮にも稚児と伍して、光秀の面上に血を灑《そそ》ぎ、光秀が悄然退くに当つては曰く、彼れ必ず謀叛仕り候ふべし。臣乞ふ彼を追うて討ち果さんと。信長は曰く、否彼れ深沈、未だ俄かに反《そむ》く可《べか》らず。汝これを追うて能く誅を果すといへども、光秀の臣下必ず汝が生還を許さじ。然らばすなはち余が遺憾これに過ぎざる也。止めよ余已に成算あり、ただ彼をして自ら死地に陥らしめんのみと。嗚呼《ああ》この君臣一場の対話、何ぞそれ冷酷ここに至れるや。利口の邦家を覆へす、古《いにしえ》より然り。歎息せざる可けんや。

ふたたび暴主の逆待を受け、稠人《ちゅうじん》中諸侯の体面を蹂躙せられたりといへども、なほかつ容忍堅耐して臣節を失はず、しかもここに始めて、信長が爾《し》かく我れに刻厲《こくれい》なるは、必ずしもこれ一時の暴怒に出るのみにあらず、彼の長岡藤孝が忠告もまた頗るその故あるを覚知し、しかして佐久間・林以下諸将が、故なくして追放せられたるを追想し、彼を以てこれを推し、これを以て彼を測る。ここにおいてか、光秀は分明に残忍・刻厲なる一箇恐るべき暴戻の主君あるを認識し来れり。既にして饗応司を免ぜられ、頃日《けいじつ》の苦心周旋ことごとく徒労に帰するや、或は慙《は》ぢ、或は恚《いか》り、苦悶転々、明智氏の運命もまた既に風前の灯火たるを思ひ、俯仰《ふぎょう》感慨に堪へず、しかも能くその色を和らげ、能くその情を抑へ、未だいさゝかの怒色怨言を出さず、その状態、人をして覚えず泣かしむるものありき。

然るに光秀が部下の少壮は、親しく甲府以来の屈辱を目睹《もくと》して骨鳴り、肉躍り、主君の冤枉《えんおう》を悲しみ、信長の暴戻を怒り、悲憤の情禁ずる能はず、三々五々口耳相属し、一抹の殺気眉宇《びう》の間に横溢し来れり。時に秀吉は讃岐国に戦ひ、高松城を堺して、毛利氏の大兵と対陣し、檄を飛ばして信長の来援を乞ふ。信長すなはち自ら将として中国に下らんとし、池田・堀・長岡・中川・高山・惟任等近畿の十三将に令し、六月二日軍を発し、備中に会して秀吉の指揮を奉ぜしむ。

かくてこの命令書は、転々して光秀の邸内に廻送せられたり。しかしてこれ明かに惟任氏の体面を侮辱せるもの也。何となれば惟任氏は、実に池田・堀等諸将の上位にして、羽柴・柴田と格を同《おなじ》うする者故に、連名の回章には、当然首坐に筆せられざる可らず。然るにその姓氏は、却て諸将の下位に記入せられ、しかも同格なる秀吉の指揮を奉ずべしといふ。これ豈に権勢を競ひ、格式を重んずる当時において、能く忍ぶべき所ならんや。部下の少壮は、この無礼なる回章を見るに及び、怒髪天を衝《つ》き、猛然として各《おのおの》決する所あり。宿将老臣、また終に激怒憤慨を禁ずる能はず。相率ゐて光秀の前に出で、涕泣《ていきゅう》して曰く、既に御当家は、一方の大将として数城に南面し玉ふにもかゝはらず、この触れ状には、次第不同の端書《はしがき》もなく、主君の御姓名を半ばに記し、剰《あまつ》さへ秀吉が指揮を奉ずべしとあること、誠に以て遺恨至極なり。そもそも今回徳川殿御馳走の役も、故なくして召放たれ、かつは城中列坐の間において、申すも憚りある御恥辱を蒙らせ玉ふこと、臣等《しんら》の悲憤譬《たと》ふるに物なし。願くは速かに兵を起して、臣等の鬱憤を漏らさせ玉へと、眼中血を灑《そそ》ぎ、忠誠の情掬《きく》するに堪へたり。光秀黯然《あんぜん》として曰く、諸子の厚情感謝に辞なし。頃日の事我れまた忍ぶ能はず、かつて全国平定の軍議あり、光秀実に山陰道及び九州の探題と定められたるに、爾後数次兵を丹波に出さんと欲するも、右府《うふ》これを許し玉はず。しかして秀吉、山陰・山陽の両道に下る。右府の意測る可らざる也。いはんや客月《かくげつ》甲府に讒を蒙り、近日また侍童に恥《はずか》しめらる。人情豈にこれを甘んぜむや。然りといへども、君君たらざるも、臣は以て臣たらざる可らず。いやしくも一旦の怒りに乗じて、臣道を失はゞ、天下後世の誹《そし》りを奈何《いかん》せんやと。諄々《じゅんじゅん》としてこれを慰諭し、すなはち回章に華押を印し、上意拝承の旨を答へて使者を去らしめぬ。

臣下の激昂、光秀の慰諭、嗚呼《ああ》何ぞそれ惨なるや。既に甲府に致命傷を負ふ。なほかつ容忍《ようにん》して臣道を失はず、謹厚深沈の人にあらずんば、胡為《なんす》れぞ能くかくの如くなるを得んや。しかも信長の執拗なる、その猜忌慊悪《けんお》の情念深く骨に達し、到頭光秀の頭顱《とうろ》を粉砕し尽すに非ずんば厭かず。再び安土に辱かしめ、しかして以為《おもえ》らく、かくの如くんば、いかに優柔なる光秀といへども、また生きて人に見《まみ》ゆる能はざる也と。しかるに彼れなほ堅忍自ら持するや、或は饗応司を免じ、或は出征の回章に礼を破り、以てその怒りを挑む。しかして光秀なほ謹慎命に服するや、さしも剛情なる信長も、匕《さじ》を擲《なげう》つて啞然たらざる能はず。遮莫《さもあらばあれ》、信長豈に光秀の冤枉を知らざらんや。耿々《こうこう》たる一片の良心、未だ全く銷沈《しょうちん》せずんば、情静かに心平かなるの所、首《こうべ》を回《めぐ》らして過去十年の事を追想すれば、功有りて罪なく、我が為めに憂へ、我が為めに労し、戦場に、帷幕に、蹇々《けんけん》として臣節を尽したる謹厚典雅、睦《むつ》むべく愛すべき疇昔《ちゅうせき》の寵臣は、彷彿としてその眼界に浮び来らざる可らず。これその猛烈果敢の性質を以てして、なほかつ断乎として明らかに死を光秀に命ずる能はざる所以にあらざる莫《な》きか。しかして終に止む能はざるものは勢ひなり。積勢の赴く所、終に最後の宣告となり、青山与三はすなはちこの宣告を齎《もた》らして光秀の邸に向ふに至る。

（校訂者曰く）　信長が青山与三を上使として光秀の邸に遣し、その現領を没収して、石見・出雲両国をその切取に任すと伝へさせたといふことは、『明智軍記』の記すところであり、『絵本太閤記』などもこれを採つて、光秀謀叛の心機を強める材料として居るが、これは全くの小説で信ずるに足らぬらしい。

明智氏の臣下は、一時主君の慰諭に服せしといへども、余忿《よふん》未だ消せず、光秀また傾く運の末を思うて悄然楽まず、上下挙《こぞ》つて沈鬱の境に在るの時、彼の青山与三は、上命を伝へ来りぬ。面白からぬ昨日の今日なり。如何なる上意の下りたる乎。臣下皆な色めき立ちぬ。光秀は謹んで上使を迎へぬ。しかして青山は曰く、光秀西国へ発向の上は、毛利との対戦もつとも忠勤を励むべし。これに依り、石見・出雲両国を賜ひ、その剪取《せんしゅ》に委《まか》すと。意外なる好音《こういん》は、感情にもろき光秀を刺戟し、涕涙《ているい》の滂沱《ぼうだ》たるを禁ずる能はざらしめたり。頓首して謝して曰く、主公の量は海の如し。その怒るや迅雷耳を掩ふに暇あらずといへども、その解くるや、晴空一片の雲なき也。微臣《びしん》に賜ふに石見・出雲の二国を以てすること、けだし頃日の御怒り解け、微臣の衷情を憐み玉ふに因らざらんやと。列坐せる群臣またやや喜色あり。しかも青山は別に一箇の大事を伝へんと欲する也。言はんと欲して言ふ能はず、言はざらんと欲して言はざる能はず、幾たびか躊躇し、幾たびか咨咀《しそ》し、しかして終に門外に出で、馬上より大呼して曰く、光秀が現在の領地、丹波全国及び近江滋賀郡は今日より召放たるゝ所なり。上意かくの如きのみと。直ちに馬に策《むちう》ちて逃げ帰る。

嗚呼これ死刑の宣告なり。臣下皆な激昂して、ほとんど狂せるが如く、光秀また黙然として語なし。ただ見る殺気凝つて流れんと欲し、一抹の黄雲安土城頭に向つて飛ぶある也。

或曰く、青山与三の信長に復命するや、蘭丸曰く、光秀必ず叛《そむ》かん。臣乞ふ行て先づこれを誅せんと。信長笑つて曰く、光秀優柔能く為すなし。不日汝を封じて、近江の主たらしめん。汝意を労すなかれと。

能条畑の叛旗

進退維谷　家臣決死光秀に迫る　君臣の情交　人生一幅の惨景　最後の一決心　述懐の言　述懐の歌　流風遺韻　坂本城中の暗涙　伊勢与三郎と諏訪飛騨守　藤田伝五　愛宕山上の雅会発句の解　挙句の解　紹巴と光秀　江村専斎の雑話　常山紀談　亀山における家臣の悲憤　信長父子の上洛　叛旗能条畑に翻へる　弁妄

石見・出雲二国を賜はるといへども、これ現に敵国なり。しかして丹波・近江を奪はるゝにおいては、我れはた一万の臣従を携へて何の境にか適帰《てっき》せんや。進むに難く、退くに処なし。五十余万石の主、従五位惟任日向守は、一族郎従と共に江湖漂流の一浪人となる。いはんや彼の丹波国の如き、その名は主君の賜ふ所なりといへども、その実は光秀が槍先を以て征服したる所なり。故なく、罪なく、使者一片の口上を以てこれを没収せらる。これをしも君命として服さゞる可《べ》からずんば、戦国武士の所謂《いわゆる》忠義なるもの、また至愚の極と謂ふ可きのみ。果然、光秀の幕下は、この最後の宣告を聴くと共に、積日の鬱憤、たちまち爆発して、殺気面《おもて》に溢れざるはなく、明智光春・光忠・光秋を首とし、妻木主計頭《かずえのかみ》・藤田伝五・四方田政孝・並河掃部・村上和泉守・奥田左衛門尉・三宅藤兵衛・今峰頼母・溝尾庄兵衛・進士《しんし》作左衛門以上十三人意を決して光秀に迫り、曰く、既に領国を召放たれ候上は、一門群臣帰るに家なく、行くに所なし。空しく路傍に屍を曝《さら》さんこと、末代までの恥辱なるべし。頃日の事、臣等既に忍ぶ能はず、いはんや今日の上意は、織田殿の心底も見え透きたり。佐久間・林・荒木等の殷鑑《いんかん》遠からず。事こゝに至つて、何の躊躇する所か候べき。先んずれば人を制す、坐して死を待たんより、ただ速かに御旗を挙られ候べし。君辱かしめらるれば臣死す。いはんや、臣等また家を失ひ、国を亡ひ、天下身を容るゝの所なからんとす。洵《まこと》にこれ終天の遺恨、願くは微衷《びちゅう》を容れて、積日の御憤りを晴《はら》させ玉ふべしと。慷慨《こうがい》淋漓《りんり》、かつ説きかつ泣く。けだし光秀の臣従に対するや、専ら仁徳を先にし、優裕以て能く容れ、能く訓《おし》ふ。毎《つ》ねに曰く「仏のうそをば方便と云ひ、武士のうそをば武略といふ。ただ土民百姓のみ告る所なし。憐むべきにあらずや」と。この言以て彼れが同情の存する所を知るべし。いはんや、その家臣一族に対するをや。故に臣民またその治に悦服し、上下渾然相親愛す。しかも今や国除かれ、家滅ぶ。吾人また当時を追想して、一掬《いっきく》の涙なき能はず。もしそれ親しく君たり、臣たる者に至つては、はた何の感を抱てこの間に処せんや。部下の少壮が、死を期して光秀に迫り、彼の光春・光忠の如き智勇兼備の宿将を以てして、なほかつ腕を扼《やく》して主君の前に涙を垂るゝを禁ぜざるもの、豈にまた人生一幅の惨景にあらざらんや。しかして光秀に至ては、その衷情更に深く悲しむべきものあり。かつてしばしば死地に投ぜられ、しかして能く容忍堅耐、只管《ひたすら》信長の反省を万一に僥倖せしも、事終《つい》にここに至りては、謂ふ所の石仏も、頭を打たるゝ三度にして、終に怒らざる能はざるもの、今や親しく臣下が沙上《さじょう》の喁語《ぎょうご》を目睹《もくと》し、十三人の宿将が、決死の忠言を聴くに迨《およ》び、信長の暴横を憤るの情、臣下の誠忠を喜ぶの情、相合ひ相激して、万弩《まんど》斉《ひと》しく発し、あたかも獅子の眠りを覚ませしが如く、猛然たる怒気心頭に湧き、彼の謹厚典雅なる好英雄は、たちまち一変して峻烈恐るべき半狂人となり畢《おわ》りぬ。喟然《きぜん》として臣下に謂つて曰く、余不肖といへども、清和源氏の遠裔《えんえい》、土岐氏の後胤《こういん》として、数世美濃の明智に在り、一旦家国の蕩覆《とうふく》に会し、弘治の頃より永禄九年の冬に至るまで、越前の朝倉に仕へたるを、右府頻りに招かるゝにより、すなはち岐阜に来り、蹇々《けんけん》として臣節を尽くし、終に諸子の労に頼り、近江を征し、丹波を取る。これ君恩の優渥《ゆうあく》なるに因るといへども、しかもまた余が一家の武略に源《もとづ》きて然る也。然るに客月五日、甲州において非理の恥辱を被り、また去る十八日には、安土城において奇怪《きかい》の狼藉を加へらる。既に以て忍ぶ可らざる也。ただそれ君臣十年の旧誼を思ひ、はた一門臣従の安全を顧み、深く自ら引責して厭くまで臣道を守りしといへども、終に今日この命を聴くに至つては、当家滅亡の時節まさに到来せり。ここに至つて、我れまた決する所なかる可らず。先づ坂本に帰り、亀山に至り、自余《じよ》の股肱《ここう》の輩と謀りて、最後の決を定むべしと。意已に決し、筆を執つて一首を認《したた》む。

心知らぬ人は何とも言はゞいへ
身をも惜しまじ名をも惜しまじ

嗚呼《ああ》彼れ堅忍謹厚の人、終に自ら棄て、身をも名をも惜しまざるに至る。狂といひ、賊と呼ぶも、心知らぬ人の批評、我れにおいて何かあらん。人間の真価、棺を蓋《おお》うてしかして後定まる。大丈夫まさに知己を千載の下に待つべきのみ。すなはち箇中《こちゅう》無限の深意を寓《ぐう》し、英雄万斛《ばんこく》の熱涙を収めて、しかしてこの一首の歌を作る。流風遺韻《りゅうふういいん》、髣髴《ほうふつ》として当年の事を追味せしむるあり。この時、この人、熱情火の如き処、胸中なほ一掬の文藻を貯ふ。英雄の襟度《きんど》、何ぞ爾《し》かく綽々《しゃくしゃく》たるや。かくて身をも名をも惜しまざる半狂の英雄は、直ちに臣従を提げ、馬に策《むち》ちて坂本に還りぬ。

坂本に在る者、明智長閑斎《ちょうかんさい》・三宅式部・奥田宮内・山本山入・伊勢与三郎・諏訪飛驒守・斎藤内蔵助・村越三十郎等また安土における主君の恥辱を伝聞して、切歯扼腕《せっしやくわん》言はんと欲して言ふ能はず、暗涙の滂沱《ぼうだ》禁ずる能はざるあるのみ。既にして伊勢与三郎・諏訪飛驒守二人進んで曰く、君見ずや松永久秀・荒木村重・林光豊・伊賀範俊・関信盛等の諸将、或は追放せられ、或は誅戮《ちゅうりく》せらる。一門臣従、落魄流離の惨景眼前に在り。昨日までは人の上ぞと思ひたるに、今は早や我等が身にぞ迫り来りぬ。何の御思慮かあらんや。ただ一筋に臣下の遺恨を散じさせ玉ふべしと。光秀未だ答へず、藤田伝五拍手快と称し曰く、ただ今二君の言ふ所、我輩既に安土においてこれを言へり。然れば、すなはち意見符を合せて、誠に朋友二世かけての契りなりと。相見て泫然《げんぜん》かつ喜びかつ泣く。光秀これを見て、悲喜また交《こもご》も迫る。すなはち光春・光忠・四方田・並河以下の将士をして、先づ丹波に至りて亀山の守将にこれを告げしめぬ。諸士命を拝し、五月二十四日、夜を犯して坂本を出づ。

光秀は同二十七日、三千余騎を帥《ひき》いて坂本を発し、白河越えより嵯峨の釈迦堂に至りぬ。これより先きだつこと一日、光秀予《あらか》じめ里人に命じ、間道を作らしめ、亀山・坂本の往来を便にせり。ここにおいて奥田宮内・村上和泉をして士卒を率ゐて唐櫃越《からとごえ》より、大江山を経て亀山に先発せしめ、己れは数人の従者と共に愛宕山に上り、愛宕神社に賽《さい》し、西坊威徳院に宿し、紹巴《じょうは》・昌叱《しょうしつ》・兼如《けんにょ》・心前《しんぜん》等の文士を京師より招き、威徳院の行祐《ぎょうゆう》、上の坊大善院の宥源《ゆうげん》及び従者と共に連歌を催せり。

（校訂者曰く）　本文によると光秀は五月二十七日坂本から、嵯峨の釈迦堂に出で奥田宮内・村上和泉等に兵を付して先発させた後、数人の従者とともに愛宕山に登り、西坊威徳院に参籠したことに解せられるが、信憑すべき史料を綜合して考へると、五月二十六日に坂本を出発して一旦亀山の居城に参着、二十七日に亀山より愛宕山に登り仏詣後一泊、二十八日西坊にて連歌興行、同日下山、六月一日の夕刻亀山出陣、六月二日の払暁《ふつぎょう》大事を決行したと見るのが正しいやうだ。

ときは今天が下知る五月《さつき》かな　光秀
　水上まさる庭の夏山　行祐
花落つる流れの末を堰《せ》きとめて　紹巴
　風はかすみを吹き送くる暮　宥源
春も猶ほ鐘の響きやさえぬらむ　昌叱
　片敷く袖はありあけの霜　心前
うら枯れに成りぬる草の枕して　兼如

聞き馴れにたる野辺のまつ虫　行澄
秋はたゞ涼しき方に往還り　行祐
尾の上の朝気ゆふぐれの空　光秀

この会、光秀が句十六ありといふ。今世これを伝ふるや、否やを知らず。名残の花は心前が句にして、

色も香も酔をすゝむる花の下

とあり、挙げ句は、

国々はなほ長閑《のどか》なる時

これ実は光秀が詠じたるものなれども如何に思ひけむ、嫡子、十兵衛光慶《みつよし》として懐紙に書したりといふ。執筆は光秀の臣、東六郎兵衛行澄にして、また斯道の達人なりき。「ときは今天が下知る五月かな」これを解する者曰く、ときは時なり、土岐なり、

天が下知るは、すなはち天下を掌握する也。光秀は土岐源氏なり。故にこの発句を詠じ、暗に天下掌握の首途を祝する也。しかして挙句の「国々はなほ長閑かなるとき」を、土岐光慶の句としたるは、すなはち嗣子の武運長久にして、土岐氏の治世長閑かなるべきを祝せし也（当時光慶は亀山に在りてこの会に列《つら》ならざりし。）

或は曰く、光秀発句を咏ずるや、紹巴夙《はや》くその叛逆の意あるを知り、第三を「花落つる池の流れを堰きとめて」と咏じ、以て暗に叛逆を沮《はば》むの意を寓す。後、秀吉愛宕山の会ありしを聴き、紹巴を招き詰《せ》めて曰く、汝花の本の宗匠なり。何ぞ光秀が発句の意を察せざらんや。しかして甘んじて第三を附けたるは、すなはち光秀が叛逆に与《く》みしたるにあらざる乎。答へて曰く、いかにも光秀発句に叛逆の意を顕はし候により、花落つるといひ、堰き止めてといひ、以てその逆意を沮みたり。かつ紹巴が心中の余蘊《ようん》を申さんには、「はな落つるいけの流れをせきとめて」の一句なげきの三字を挟みて、発句の意義をうち消し候と。秀吉大《おおい》に喜び、これより紹巴につきて連歌を学びたりと。けだし仮説なり。花落つる流れを堰き止めてとあるを、強《しい》て光秀の叛逆を沮みたりとせば、第二句の水上まさる庭の夏山に対して、花落つる流れの末を堰き留むるといふは、むしろ前者と反対の意味にも解し得べき也。殊になげきの折字は、もつとも附会の説、池の流れにあらずして、流れの末なり。要するに紹巴は、当時知名の歌人にして、光秀また意を詩歌風流に用ひしを以て、その交情自ら等倫《とうりん》に超ゆるあり。光秀が「ときは今」の発句を咏じて憚からざるは、すなはち紹巴との親交を証するもの、然らずんば豈に漫《みだ》りに、胸中の機微を漏らして、他の疑心を挑発せんや。紹巴もしこれを以て信長に告げなば、光秀たる者はたこれを奈何《いかん》せん。光秀が紹巴における関係に就き、江村専斎《えむらせんさい》の雑話に曰く、

「信長御自滅ありて火をかけたり。京中には何事とも知らず、新在家は他所にかはり、四方にかきあげの堀有りて、土居を築き、木戸ありて構への内也。土居に上りて見る者は、明智が謀反ならんと推量する者もあり。紹巴は内意を知られけれども、何の左様の事あらんと、人の云ふをも制せず、昌叱は思ひ合せたることありといふ。云々。妙覚寺まさに破れてそのまま明智より紹巴へ使あり、町人に少しも騒がぬやうに云はれよとあり。」由是《これによりて》これを観るに紹巴は夙《つと》に光秀の意中

を知り、本能寺の変に当りては、その意を承《う》けて市中の騒擾《そうじょう》を制したる也。されば彼《か》の第三において、故《ことさ》らに文字を弄して、叛逆の意を沮むべき事情あるべからず。却つて光秀の内意を聴き、幾分かその謀議に与《あずか》りしを推知すべし。しかして山崎の戦争後、秀吉の詰問を受けたる事情は、『常山紀談《じょうざんきだん》』の「秀吉既に光秀を討て後、連歌を聞き、大に怒り、紹巴を呼び、天が下知るといふ時は、天下を奪ふの心顕はれたり。汝知らざるやと責めらるる、紹巴その発句は、天が下なると申す。然らば懐紙を見よとて、愛宕山より取来つて見るに、天が下知ると書きたり。紹巴涙を流してこれを見賜へ、懐紙を削つて天が下知ると書き換たる跡分明なりと申す。皆々実にも書きかへぬとて、秀吉罪をゆるされけり。江村鶴村執筆にて、あめが下知ると書きたれども、光秀討たれて後、紹巴窃《ひそ》かに西の坊と心を合せ、削りてまた始めの如くあめが下知ると書きたる也」とあるを、以て正とすべし。然らば一説に、光秀天が下知ると咏じたるに、紹巴諫めて天が下なると添削せしを、光秀大に叱せりといふは全くの誤りなり。

しかして後、愛宕大権現に黄金三十枚、鳥目五百貫を献じ、威徳院に五百両を、紹巴以下には各五十両を分与し、二十八日亀山に向ふ。

亀山に至りて後、また諸臣を集めて近日の状を語る。諸臣皆な涙を垂れて曰く、今日まで御勘忍の段は、我々どもの流浪を愍然《びんぜん》と思召しての御芳志、洵《まこと》に至大の君恩とぞ申すべし。今はただ速かに軍議を定め玉へかしと。言々皆な至誠より出で、また坂本城中におけるが如し。時に岐阜・安土の細作《さいさく》報じて曰く、信長父子は、二十九日辰の刻を以て京師に入り、信長は本能寺に、信忠は妙覚寺に在り、従兵僅かに二百余騎に過ぎずと。しかして月の晦日《みそか》に至れば、丹波・近江の士卒先を競うて参集し、亀山の城下、いづれか人にあらざるなし。その数総《す》べて一万七百余、翌《あ》くれば天正十年六月朔《ついたち》、秀吉の応援として中国に向ふと揚言し、水色桔梗の九本旗は、終《つい》に能条畑《のうじょうはた》の夕べの風に翻へれり。

或は曰く、六月朔夜、光秀、明智左馬助光春(或作光俊)を寝室に召し、人を避けてこれを揖《ゆう》す。光俊頭を蚊帳の中に納れ、その故を問ふ。光秀曰く、我れ子《し》が首を得んと欲す。曰くただ臣が首のみか。曰く数人に乞ふといへども、未だ以て是となさず。曰く諾、大事宜しく急に発すべし。曰く子既にこれを察するか。曰く然り、ただ疎闊せらるゝを恨むのみ。曰く我れまさに右府を獲て甘心《かんしん》せんと欲す。依頼する所は、ただ子のみ。然れども子が苦諫《くかん》せんことを察し、遅々未だ発せず、子もし不可と為さば、すなはち宿志を遂げ難しと。すなはち酒を行ふ云々。また曰く、六月朔、光秀密《ひそか》に光俊(明智)利三(斎藤)を召し、謂つて曰く、我れはた大事を発せんとす。汝等能く我が為に死するや。もし欲せずんば、すなはち速かに吾が首を断つべしと。僉《み》な曰く、ただ命これ従はむ。光秀曰く、我れ右府を獲んと欲す云々。利三これを諫む可からず、光俊急にこれを促がす云々。これ往々史上に見る所の説なり。然れども本能寺の襲撃は、実に明智氏の運命を決する大変事にして、これを為すや、一に人和に頼らざる可らず。然るにただ光俊・利三と議し、この夜急に兵を発すといふは、信ずるに足らず。要するに本能寺の襲撃は、光秀の宿怨に出づといへども、しかもまた臣下の激昂甚だしく、終に光秀に迫りて、この挙に出でしめたるは、理情両《ふた》つながら然る所なり。史を読む者、能く箇中の消息を解せずんば、すなはち偏見に陥るを免れざるべし。

嗚呼《ああ》謹厚の人をして、終にこの事あらしむるもの、その罪別に帰する所なかるべからず。能条畑の叛旗、これを樹《たつ》るは、光秀にあらずして実に信長その人なり。嗟哉《ああ》、嗟哉《ああ》。

本能寺の襲撃

三軍進発　我が敵は本能寺に在り　光春本能寺に迫る　光忠二条を囲む　織田氏の滅亡　森蘭丸の戦死　川上某信長を半弓にて射る　光秀妙心寺に入る　顕如上人の厄　高野山焦土とならんとす　光秀の悔恨　妙心寺の決死　諸臣泣て光秀を諫む　多涙多感　天龍寺の旧記

西国出征の命を承《う》けて能条畑に参集する者、総《す》べて一万七百余騎、これを分つて三隊となす。明智左馬助光春、一軍に将たり。四方田但馬守・村上和泉守・妻木主計・三宅式部等これに属す。治右衛門光忠第二軍を率ゆ。藤田伝五・並河掃部・伊勢与三郎・松田太郎左衛門等これに従ふ。しかして光秀は十郎左衛門光秋・荒木山城守・諏訪飛騨守・奥田宮内・御牧《みまき》三左衛門等を率ゐ、六月一日酉の下剋《げこく》を以て軍を発し、保津の宿より山中に出で、予《か》ねて作りたる間道を経て、嵯峨野より衣笠山の麓なる地蔵院に着陣し、光春の一隊は、本道より大江山を超え、桂の里に打ち出でぬ。光忠は唐《から》櫃越《とごえ》えの嶮《けん》を凌ぎ、松の尾の山田村を過ぎて、本営に近づきたり。士卒これを見て、相謂つて曰く、中国への出陣は、播磨路にこそ押し出すべきに、俄《にわ》かに道を変じて、京師《けいし》に向ふ、はなはだ疑訝《ぎが》に堪へざるなりと。諸隊長これを聞き陽《たけ》りて曰く、右府我が軍の陣法を上覧するの命あり。故に先づ上洛して謁《えつ》を執るのみと。更《さ》らに夜を冒かして進む。鉄馬粛々、星光転《うた》た惨凄《さんせい》なり。既にして京師に近づくや、光秀令を下して曰く、士卒皆な武装を厳にせよ、我が敵は四条本能寺・二条城に在りと。猛虎一声、殺気三軍を通じて来る。諸卒愕然《がくぜん》たり。しかも能く秘密を確守し、敢て一人の服せざる者なし。以て光秀が平生の訓練を見るべき也。

天正十年六月二日、暁天人未だ起たず、曙光僅かに東山の頭に上る。信長に従つて本能寺に宿する者百人許《ばかり》、暁夢《ぎょうむ》まさに濃《こまや》かにして、乾坤ただ寂寞たる時、光春が率ゐたる三千五百余騎は、鼓譟《こそう》して寺境の四方を囲みたり。

光秀の領地は、丹波三十六万石、近江において十八万石、通じて五十四万石といふ。しかして一万の士卒を発す。すなはち五十石一騎の法にして、明智氏創始の軍役なりといふ。

『陰徳太平記』に、光秀が兵桂川を済《わた》るや、里人某これを見て疑訝に堪へず、走《は》せてこれを信長の軍士に訴ふ。聞く者信ぜず、既にして光春本能寺に至りて曰く、明智光秀西国出陣の武備を上覧に供せん為め参着候と。門衛これを見て少しも疑はず、誠に目出度候とて、寺門を開きたりとあり。

別に光忠が隊兵四千余騎は、信忠の営なる二条城妙覚寺に薄《せま》り、光秀は二千余騎に将として三条堀川に陣す。

両軍の戦状、これを記するを費《もち》ひず。信長は叛者の光秀なるを聞くや、終に免かるゝ能はざるを知り、憮然としてまた防禦を為さず、刃に伏して死す。森蘭丸は、四方田又兵衛の為めに殺され、自余の将士皆な乱軍の中に戦死せり。既にして火起り、炎焰《えんえん》天を掩ひ、織田氏半生の偉業瞬時にして灰燼となる。惜しむべきの極なる哉。

森蘭丸の首取りしは、四方田又兵衛といひし者なり。寺の客殿へ大勢押入りし時に、その椽《えん》を踏崩して、上にかけたりし長柄はら〳〵と落つる。人々猶予せし内に、又兵衛は塀重門《ちょうもん》より内に入りしに、蘭丸茶せん髪にて、左《ひだ》りに刀をさげて何事ぞ〳〵というて出でしを、押かけて切つてかゝり、蘭丸に渡り合せて討とり、首を得たり。修禅寺の紙をもと結にしてありしを、手にさげて出でしに、光秀はや総門へ来りし時、実験に入たりしかば、光秀馬上にてそれは蘭丸が首にてはなきかといひしに、或人蘭丸の首の由答へしかば、鞍の上にておどり上り〳〵て、又兵衛に百層倍の思ひのやうなりし。

信長を本能寺にて半弓にて射奉りしは、川上某といふ者なり。その六日目に狂乱して死す。鶴が来りて、額を喙《くちばし》を以て突くと呼はりて死せし也。その姪(?)川上久左衛門、松平甲斐守家にて二百石とりて物語りせし也。右の二話は『老談一言記《ろうだんいちごんき》』の収むる所なり。世俗安田作兵衛蘭丸を殺し、また信長を刺すといふ。信じ難し。また信長自ら出で、奮戦したるが如く伝称すといへども、信長叛者の光秀なるを聞くに及び、彼者ならば防ぐとも益なし。我が運命もこれまでなりとて、奥殿に入る由『明智記』に見えたり。

かくて二条城・妙覚寺また焦土となりぬ。嗟哉《ああ》光秀は終に弑逆《しいぎゃく》の大罪人となれり。

時に洛中の騒擾《そうじょう》名状すべからず。長幼皆な加担して立つ。光秀厳に令して人心を鎮撫し、日没に及び妙心寺に入る。

これより先き、信長の暴横は益〻甚だしく、その逆鱗《げきりん》に触れて奇禍を被る者頻々《ひんぴん》相踵《つ》ぐ。その一向宗を憎むの余、本願寺門跡顕如《けんにょ》上人の一族七十余人を欺きて鷺の森に出し、丹羽長秀に命じてこれを鏖殺《おうさつ》せしめんとす。長秀すなはち兵を以て鷺の森を囲む。会《たま》ま本能寺の変あり、顕如等僅《わず》かに刃を免れしといふが如き、「高野山金剛峰寺は、嵯峨天皇の御宇《ぎょう》、弘治七年に弘法大師尊創、真言秘密の宗旨を留め、三会《さんえ》の暁を待にける霊場なるを、近年信長これを亡《ほろぼ》すべき企てあり。その故は、三好・松永・荒木・細川・佐久間などの郎党ども、主君滅亡の後、高野山に余多《あまた》閉ぢ籠るに付き、信長使を以てその輩の中可被召抱者有之候間《めしかかえらるべきものこれありそうろうあいだ》、皆々罷出候《まかりいでそうら》へと仰遣《おおせつかわ》すも、信長公は偽り多き大将なればとて一人も出で来らず。またまた使を以て是非に罷越《まかりこ》すべしと、使者殊の外悪口《あっこう》して申しければ、浪人輩その儀にてはなほ以て罷出づまじとて、彼の使者五人下々共三十余人を討果す。信長大に怒り、畢竟《ひっきょう》高野山といふ所ある故、か丶る事も出来ぬれ。所詮坊主めら、一人も残さず打殺して、長く彼《かの》山を断絶せんとて、先づ高野聖《ひじ》りの下僧、商買のために京都幷《ならび》に諸国に行脚して有りけるを、二百余人縛してことごとく殺害し、それより和泉・河内の士卒に仰せて、高野山を攻めらる。依之《これによりて》一山の僧徒、周章一方《ひとかた》ならず。各僉儀《せんぎ》の上にて、齢六十以下修学者に至るまで、忍辱《にんにく》の衣の袖を結び、脛高く褰《かか》げ、降魔《ごうま》の利剣《りけん》を携へ、口々に出向ひ、防戦す。老僧は当山堅固のため、敵を調伏《ちょうぶく》せんとて、大塔・金堂・常行堂・大師堂・御廟の前に各敵を呪咀しける。一七日《いちしちにち》に充ちけるは、六月二日にして、この日信長生害し云々」といふが如き、すなはちその一斑なり。その所為往々狂に類するもの、けだし以て信長が終りを全くし能はざるの偶然ならざるを知るに足る。光秀またこの逆鱗に触れ、その失意憤恨の情激発して、終に今日あり。しかもその先天の良心は、耿々《こうこう》として能く一道の光明を放つあり。既に信長を殺し、信忠を殺し、胸中の塁塊《るいかい》ここに全く銷磨《しょうま》すると共に、省みて自ら正邪の別を為す。我れは明らかに君を弑《しい》せり。逆を果せり。罪悪償ふ所なし。何の顔か以て天下に見《まみ》えんや。如此《かくのごとく》にして苦悶し、悔恨し、慙愧《ざんき》して措《お》く能はず、終に一死以て自ら刑に就かんと欲す。良心に背《そむ》き、臣道を擲《なげう》ち、なほかつその非を遂行するは、悪人ならぬ光秀の能く忍ばざる所なり。すなはち妙心寺に入るに及び、左右を遠ざけ、一聯の詩を書し、まさに自ら刎《くびは》ねんとす。寺僧窃《ひそ》かにこれを知り、馳せて比田《ひだ》帯刀《たてわき》・三宅式部に告ぐ。二人大に驚き、諸老臣と共に入つて光秀を諫め、泣いて曰く、主君にしてもし死を潔うせば、一万の臣下ははたいづれの所にか適従せんや。臣等《しんら》死を決して、甘んじて弑逆を冒す。豈に主君と生死栄辱を倶《とも》にするを願はざらんや。彼の暴逆の主を弑して、以て天下を済《すく》ふ。和漢その先蹤《せんしょう》なきにあらず。旗を京畿に掲げて、禁闕《きんけつ》を護衛し、以て武名を千載《せんざい》に伝ふ、また愉快ならずや。しかもかつ強《しい》て死を潔うせんとせば、乞ふ我が一万の士卒をして殉ぜしめよと。声涙《せいるい》共に下る。光秀慨然、断じて曰く、可なり。卿等《けいら》また憂ふるを休《や》めよ。我意已に決せりと。すなはち出で、事を見る。けだし光秀の多涙多感を以てして、親しく群臣至誠の諫止《かんし》を聴く。心動き、情昂《あ》がり、終に飽くまでも身をも惜しまず名をも惜しまず、成敗を天命に帰し、存亡を臣下と共にせんとするに至れるのみ。

嵯峨天龍寺慈済院の旧記に、惟任日向守光秀、天龍寺大門の前に馬をとゞめ、大きなる革袋を門内に投げ入れて通る。その革袋には、沙金多く入れたり。かつ光秀自筆に後の事を頼むよしを記して有りしとありとか。思ふに、光秀騎虎《きこ》の勢ひに乗じて、本能寺の襲撃を断行するに至りしも、一旦その積鬱を散ずるに当ては、直ちに屠腹《とふく》して、天下後世に謝する所あらんと欲し、すなはち上洛の途次、嵯峨天龍寺に革袋を投じて、後世の菩提を弔はんことを依嘱《いしょく》す。この一事、既に以て光秀が当時の衷情《ちゅうじょう》を推知するに足るべし。しかして彼の妙心寺に自殺せんとして果さず、臣下に擁せられて再び渦乱の中心に立つに至りしは、またこれ勢の必至にして、敢て光秀の素志にあらざりしは争ふべからざる事実なり。然らばすなはち本能寺の挙は、群臣身を以て光秀に許るし、山崎の役や、光秀身を以て群臣の犠牲に供せしといふ。必ずしも非ならざらむ歟《か》。

京畿の仁政

細川忠興と筒井順慶　細川氏の賢妻　光秀安土を取る　京師における仁政　洛陽の民人その徳を謳歌す　天皇光秀の仁政を嘉賞す　当時の皇室　当時の廷臣　光秀と征夷大将軍　織田信澄　京畿の軍備　光秀と仏教

光秀終にまた渦乱の中に立ち、強てその素志良心を枉《ま》げて、中原《ちゅうげん》の逐鹿《ちくろく》を試みんと欲するや、すなはち先づ使を筒井・細川二氏に馳せ、慇懃にその衷情を訴へて応援を乞ふ。細川忠興《ただおき》は、光秀の女婿にして、その父藤孝は、固より光秀と深交あり。しかしてその光秀の報を得るや、憮然として謂《い》へらく、光秀縦《たと》ひ如何の理あるも、既に明らかにその君を弑《しい》す。不道の罪免る可らざる也。我儕《われら》もし私情に徇《したが》ひて、その逆を助けなば、天下後世の公論を奈何《いかに》せんやと。終に断乎として絶を示す。筒井順慶《じゅんけい》は躊躇決する能はず、人を遣はして賀を述べしめ、かつ陽に応援を約せり。

備考　細川忠興の妻は、すなはち光秀の三女にして、信長の媒酌により、天正七年忠興に嫁ぐ。容色殊に麗はしく、かつ頗《すこぶ》る賢徳あり、詩歌《しいか》律呂《りつりょ》の風韻を嗜《たしな》むが如き、酷《はなは》だ父に類せり。『常山紀談』に曰く、細川忠興の北の方は、明智が女也。父謀反の時、忠興に向ひ申されけるは、父ながらかかる企て事よくなるべしとも思はれず、滝川・柴田なんど申す人々多ければ、必ず軍敗れ候べし。女の浅き智恵にも口惜しくこそ存じ候へ。男の身ならんには、鎧の袖にすがりても諫め申すべきを、力なし。君もし与《くみ》させ玉ひなば、世の誹《そし》りいかで免れむと、涙に沈まれしかば、忠興光秀に同心なかりけり。その後程経て、秀吉伏見に在りて、諸大名の北の方を呼び入れて饗されし事のありしに、忠興の北の方かくと聞き、女の身の人気《ひとけ》なき一室に入りて、他人に見《まみ》ゆる事やある。我れも召されんとならばとて、懐に匕首《あいくち》を用意せられけり。これより秀吉の悪行止みけり。石田西国の諸将を語らひて兵を起す時、諸大名の北の方を大坂城中に取り入れんとするを、北の方聞きて傅《もり》に附られし、阿喜多石見・稲留伊賀・小笠原正斎を呼びて、我れ此所《ここ》を出んこと思ひもよらず。城中に取籠《とりこめ》られんは恥辱なり。能く断りて申候へ。なほ聞入れられずば、これを限りと思ひ定むべしと語られしかば、正斎曰ふ。殿東国に向はせ玉ひし時、思ひかけざる事のあらんには、汝計らひて、武将の恥をな曝《さ》らしそと仰せ置かれ候ひき。敵奪ひ取らんとするならば、その時思召切らせ玉へと申しけり。かゝる処に、城中に入れよと使を以て言はせしかば、再三断りを述べけれども聞入れず。七月十七日の未の剋《こく》ばかりに、大坂の軍兵五百余り、玉造り口の屋敷を囲み、疾《と》く城中へ入り申されよ。さらずは乱れ入りて奪ひ取らんと呼はりけり。女房ばら狼狽して悲めども、北の方は騒ぐ色もなく、かくあらんとは予《か》ねて思ひ設けつる事なり。正斎介錯せよ、我れ世に見えざりし人々に、死しての後も見られんは宜からじとて、顔に覆面打ちかけ、くゝり袴着て、刀を抜き、胸に突き立てられしかば、正斎眉尖刀《なぎなた》にて介錯し、そのまゝその所にて腹を切らんとせし所に、正斎が小姓走り来り、殿の北の方と同じ処に自害あらば、後の誹り候べきと云ひければ、正斎あまりの痛ましさに、忘れたるよとて、障子の外に走り出で、家に火を懸け、石見と共に腹切つて、炎の中に死したり。稲留伊賀は、光秀より附られし方なれば、遁《のが》るべき道もなきに、人に紛れて落失《おちう》せたり。北の方は、かたみとや思はれけむ。手ずさみのやうに書捨て、硯《すずり》の中に入れられし歌、

先たつはおなじかぎりの命にも
　まさりて惜しき契りとぞ知れ

落失せたる女房の世に伝へたりとかや。北の方は予《か》ねてかくやあらんと思はれしかば、幽斎の妹、年老いて宮川殿と申せしと、忠隆(忠興の子)の北の方とに、吾は人質に取られんと、世の物言ひの候程に、落失せばやと存ずる也。同じく伴ひ参らすべけれど、人多くては、中々憂き目や見る事の候はん。疾くこの隣りの築地一重を踰《こ》えて、落失せ玉へやとて、宮川殿は建仁寺、忠隆の北の方は浮田秀家《うきたひでいえ》の北の方へ忍び行きて、この禍を免れたりと。誠に義烈のみならず、謀《はかりごと》も由々《ゆゆ》敷《しき》人なり云々と。光秀の家庭この烈婦を出す。以てその平生の薫陶を知るべし。

これより先き、左馬助光春は、荒木・妻木・四方田以下三千余騎に将として、安土

に向ひぬ。山岡景隆、勢田《せた》橋を焼きてこれを防ぎ、克たず。安土の守将、蒲生《がもう》賢秀《かたひで》は、勢ひ敵す可らざるを知り、城を清めて退きたり。ここにおいて、六月四日光春刃に衂《ちぬ》らずして安土に入り、城中の貨宝を収む。既にして光秀また安土に到り、大に功を論じ、賞を行ひ、幾ばくもなくして坂本に還り、光春をして安土を守らしめ、荒木山城守行重《ゆきしげ》を佐和山に、妻木主計頭範賢《のりかた》を長浜に置き、以て尾濃・北越の敵に備へ、三宅式部を京師の守護となし、溝尾庄兵衛を町奉行となし、洛中洛外を巡視せしめ、鰥寡《かんか》孤独《こどく》を恤《あわれ》み、貧民無頼を賑はし、かつ永世京師の戸税を免じ、南禅寺・天龍寺・相国寺・東福寺・建仁寺・万寿寺・大徳寺・妙心寺等の諸名刹に金帛《きんぱく》を配《わか》ち、また阿弥陀寺に命じて、慇懃に信長父子の屍を葬り、かつ彼我両軍の戦死者を弔はしめ、朝廷に対しては、敬虔以て勤王の実を表し、内宮の女官・摂家《せっけ》・清華《せいが》は勿論、堂上百司《どうじょうひゃくし》に金銀物品を献上し、地下《じげ》官人《かんにん》に至るまで、贈与ことごとく至り、以て大に仁政を施《し》く。規律森厳、一糸乱れず、洛陽の民人声を斉しくしてその徳を謳歌す。しかして近畿の諸将、未だ一人の義を唱へ、兵を出す者なく、中央首府における武権と政権とは、数日ならずして全く惟任氏の掌中に帰せり。於是《ここにおいて》、朝廷光秀の善政を嘉賞し、勅使を賜うてこれを慰労す。或は曰く、光秀を拝して征夷大将軍となすと。果して然るか。この間の事蹟、今や全く湮滅《いんめつ》に帰し、明確なる考証を為し難しといへども、しかも当時の所謂《いわゆる》朝廷の地位権勢は、既に全く陵夷《りょうい》して僅かに皇室なる御身分の存在を示さるゝに過ぎず。「信長の時は、禁中の微に成りしこと辺土の民屋に異ならず。築地などは無く竹の垣に茨など結びつけたるさま也。老人(江村専斎)児童の時は、遊びに往きて、椽《えん》にて土などねやし、破れたる簾《みす》を、折節明けて見れば人も無き体なり。信長知行などつけられ、造作など寄進ありし故に、少し禁中の居り能くなりたり。これによつて信長を御崇敬ありて高官にも進めらる。禁中信長の時より興隆すといへども、太閤の始めまでは、いまだ微かなり。近衛殿に歌の会などあるに、三方の台色あくまで黒きに、ころ〳〵とする赤小豆餅を載せて出されたり」といひ、また「常盤井《ときわい》殿といふ公家に見えを望む人あり。媒介の人言ひ入れければ、夏の衣裳にては恥かしきと宣《のた》まふ。苦しからずとて、具して行きたり。彼人も夏の装束の事ならんと思ひしに、帷子《かたびら》もなくて蚊帳を身に巻きてあはれしとぞ。信長の時分なり」といふ旧記を読みなば、以て皇居のいかに頽廃し、朝臣のいかに窮迫に陥り居りしかは思ひ半ばに過ぐる也。これに由りてこれを観る、信長、皇室を尊崇して、皇居の造営を助けたりといふといへども、所謂尊崇の程度もまた推測するに難からず。この時に当り、光秀新捷《しんしょう》の威を以て、武権・政権両《ふた》つながらこれを収め、大兵を擁して王城の下に屯《とん》す。朝廷これを綏撫《すいぶ》し、恭順の誠を致させしめんが為に将軍の位記を賜ふに至る。また決して故なきにあらず。いはんや盛んに黄白を散じ、謹んで敬虔の意を表し、以て厚く朝廷に奉仕するにおいてをや。信長が右大臣の栄位に陞《のぼ》りしは、すなはち皇居の頽廃を修繕せし故なるを知らば、光秀が大将軍に拝せられたるも、また強て疑ふ可らず。殊に光秀は清和源氏にして、彼の征夷大将軍たるべき恰好の家系を有するをや。後世光秀を称して、惟任将軍といひ、十三日公方といふが如き、また以てその一たび征夷将軍に任ぜられしを証するの一端ならずんばあらず。在昔木曾義仲の京師に入るや、朝廷その驕暴《きょうぼう》を矯《た》めんが為めに、恩を施して将軍に補せりき。先蹤《せんしょう》已に然り。加之《これにくわえ》光秀が尊皇の誠を以てし、済民の仁を以てす。朝廷豈《あ》にその威を憚かるの故を以て、その忠を嘉《よみ》せざらんや。諸卿豈にその武を恐るゝの故を以て、その徳を喜ばざらんや。後世の史家、徒らに区々たる名分の論を立てゝ、事実の真相を抹殺するもの、往々にして然り、遺憾と謂ふべきのみ。

如此《かくのごとく》にして、光秀大に恩威を樹《た》つるや、兵勢大に振ひ、士気ははなはだ盛ん也。しかも近畿の諸侯、皆な向背《こうはい》の決に惑ひ、進んで義を唱ふる者なく、来つて旗下に属する者なく、ただその居城に屛息《へいそく》して、風雲を観望するのみ。

尼ケ崎の主、織田七兵衛信澄《のぶすみ》は、光秀の女婿にして、勇猛武烈の壮士なり。信澄の父、武蔵守信行は、かつて故ありて信長に殺戮せられたり。故に時人、或は信澄が異図あるを疑ふ者あり。本能寺の変あるに及び、織田信孝《のぶたか》・丹羽長秀等、大坂に会し、議して曰く、信澄、光秀と善し。しかして常に信長を怨むといふ。思ふに必ず光秀を助けて、我党の深患を為さん。如《し》かず、欺きてこれを殺さんにはと。すなはち信孝より使を派して大坂に迎へたり。信澄軽装して行かんとす。諸老臣皆なこれを危ぶむ。しかも信澄は、その良心の潔白を恃《たの》み、敢て少しも疑はず。終に信孝の邸に至る。信孝等予じめ甲《かぶと》を伏せてこれを待ち、急に起つて乱槍の下に刺殺せり。信澄の家臣讐を聞きて大に激昂し、相率ゐて光秀の軍に投ぜり。かくの如く織田氏の遺臣・宿将が、互に猜忍疑惑して骨肉相《あい》食《は》むの時において、光秀は着々として武備を整へ、政治を励み、勝龍寺の城には三宅藤兵衛《とうべえ》を、淀の城には番頭《ばんがしら》大炊介を、伏見には池田織部《あやべ》を、宇治には奥田庄太夫《しょうだゆう》を配置し、己れは洛中に仮寓して、以て京師の警衛を厳にせり。時に羽柴秀吉は中国において、二日の凶報を得るや、悲喜交《こもご》も迫り、急に毛利氏と和し、電馳《でんち》して尼ケ崎に還る。ここにおいてか山崎の大戦起る。

元亀二年の秋、信長比叡山延暦寺を焦土となし、地を光秀に賜ふや、堅く命じて曰く、今後決してこの山を再興すること勿《なか》れと。然るに光秀は、歴代帝王の尊崇たる国家鎮護の霊場が、一朝にして柴薪《さいしん》の煙りとなりしを悲しみ、窃《ひそ》かに医王山の二十一社、及び諸堂仏閣を形ばかりに経営し、時々人を遣はして不浄を清め、かつ燔余《はんよ》の僧侶某には、密々午飯を与へ、庵室をも結ばせなどして、この十余年の間、憐愍《れんびん》を加へたりといふ。けだし光秀は熱心なる仏教信者にして、彼の嵯峨天龍寺に革袋を投じたるが如き、甲州において恵林寺を燔《や》くを諫めたるが如き、本能寺の変ありて後、頻《しき》りに金帛を社寺に奉納して、未来の冥福を祈りしが如き等、これを信長の絶対的仏教嫌ひなりしに比すれば、全然反対の思想を有し居りし也。またこれ二氏が精神的衝突の一因たるもの歟《か》。

山崎の役

風雲急迫　精神的自殺　半死半狂の人　英雄の閑日月　秀吉戦書を送る　山崎の激戦　天王山　万事休す　光秀勝龍寺に入る　三宅藤兵衛、光秀を諫む　小栗栖の里　辞世自刃　進士作左衛門　比田帯刀　溝尾庄兵衛　十兵衛尉光慶　藤田伝五　明智光忠　光春坂本に入る　半世の事業灰燼に帰す

光秀既に京師に恩威を樹《た》てしといへども、これに応ずる者は、市井無頼の徒、もしくは亡名の姦児のみ。列侯世族に至りては、未だ一人の来り援《たす》くるなく、女婿細川忠興は、義を唱へて絶を示し、織田信澄は大坂に誘殺せられ、筒井順慶は、曖昧にして頼む可らず。しかして彼の柴田勝家の如き、織田信雄《のぶかつ》・信孝の如き、丹羽長秀・蒲生

賢秀以下織田氏の宿将・老臣皆な四境に在りて戦備を張り、風色暗澹として密雲低く閉ぢ、機端一たび触るれば、四海の狂瀾たちまち天に漲らんとするあり。しかも乱世の梟雄《きょうゆう》として、かゝる大過渡の間に処して、機変百出の妙を極むるは、由来光秀の長所にあらず。いはんや既に弑逆《しいぎゃく》の大罪を冒かしてより、旦暮良心の光明に愧《は》ぢて、自ら安んずる能はず、惜しからぬ身を長らへて、強《しい》てその非を遂げんと欲するをや。ここに至て光秀は遂に自己の理想に勝つ能はず、その精神既に明らかに自殺を遂げたり。然らばすなはち頃日の光秀は、すなはち半死半狂の人たるのみ。しかもその政務の礼法に適ひ、その籌謀《ちゅうぼう》の兵機を失はざるものは、彼《か》の叛逆を安土に決し、心情既に狂熱の極に達して亀山に還るの時、愛宕山上の雅会に、丈夫の豪興を寓して、百韻の連歌に文藻を弄せしが如く、英雄の胸中、自ら閑日月《かんじつげつ》あり、その懊悩し、苦悶し、慙愧して、ほとんど自ら支持し難きの処といへども、なほ綽々《しゃくしゃく》たる一掬の余裕を存するを見るべし。吾人が特に光秀の心事を悲しむ所以《ゆえん》のものは、彼れその善を遂げんとして、遂ぐる能はず。はたその悪を遂げんとして、遂ぐる能はず。空しく四囲の境遇に掣肘《せいちゅう》せられて、煩悶苦痛するの状、はなはだ憐むべきを以てなり。嗚呼《ああ》、光秀もまた江湖薄倖の可憐児なる哉。

既にして秀吉、尼が崎に義故を糾合して、戦書を光秀に送るや、光秀はその私闘によりて、輦轂《れんこく》の下《もと》を風塵に瀆《けが》すに忍びず、終に出で、山崎に雌雄を争ふを決せり。

天正十年六月十三日は、明智・羽柴二氏、山崎に会戦して、撼天動地《かんてんどうち》の大活劇を演出したる当日なり。初め光秀の鋭を尽くして山崎に出づるや、天王山《てんのうざん》を相して曰く、これ兵法の所謂争地なり。先づこれを取るものは勝たんと。秀吉また眼をこれに注ぐ。十二日の夜、光秀、松田太郎左衛門に命じて曰く、汝勉強明日払暁を以て天王山を占取せよと。松田唯々《いい》として起ち、死士五百を率ゐてこれに赴むく。しかして秀吉の将、堀秀政《ひでまさ》先づ一歩、また天王山に上る。

山崎合戦の時、堀久太郎秀政の士の子、何がしといへる者、明智がもとに奉公してありしが、光秀夜のいまだ明けざるうちに、宝寺の山に兵を押し上ぐべしと謀りしを、父の許に告げやりて、思ひよらず敵味方となり、明日は一戦に及ばんことを歎きける。その書状をすなはち秀政に見せたりければ、秀政夜中に宝寺の山に押し上り、待かけゝるを、いかで知るべき。明智が先手、押寄せたる処を、秀政山上より鉄砲を打ちかけ、追崩して一戦に利を得たり。

既にして両軍鋒《ほこさき》を交ゆるや、たちまち血河屍山の大惨景を現出して、殊死奮戦、数時に亘る。しかして天王山先づ敗れ、筒井順慶洞ケ嶺《ほらがみね》を下るに及び、我が軍終《つい》に大に潰走《かいそう》し、諸将士皆な陣頭に斃《たお》る。光秀は万事既に休するを見て、掉尾《ちょうび》の一快戦を試みんとし、眦《まなじり》を決して蹶起《けっき》するや、比田帯刀・進士作左衛門・溝尾庄兵衛等馬を扣《ひか》へて極諫《きょっかん》し、その日薄暮敗残の諸将と共に、免がれて勝龍寺城に入り、鎧を解いて自殺せんとす。勝龍寺の守将、三宅藤兵衛また切にこれを諫めて曰く、勝敗は兵家の常なり。一敗の故を以て、弓を捨るは良将の為《な》さゞる所、我軍敗れたりといへども、なほ諸将の各地に散在するあり。先づ坂本に入りて、徐《おもむ》ろに再挙を謀るべし。臣乞ふ留まりて敵の追躡《ついじょう》を妨げんと。光秀これに従ひ、村越三十郎・堀与次郎・進士作左衛門・比田帯刀・溝尾庄兵衛等五百余人と共に、夜に乗じて城を出で、潜行して小栗栖《おぐるす》を過ぐるや、士卒皆な疲憊《ひはい》して、従ふ能はず。腹心の士、十三騎僅かに前後を衛《まも》るあるのみ。土兵蜂起、暗中より竹槍を揮《ふる》つて光秀を刺す。光秀これを叱し創《きず》をつゝみて行くこと三町許《ばか》り、溝尾茂朝《しげとも》を呼んで曰く、万事これ已みぬ。光秀ここに自殺すべきのみと、馬を下りて路傍に坐し、筆紙を執りて一首を作る。

逆順無二門　　逆順　二門無し
大道徹心源　　大道　心源に徹す
五十五年夢　　五十五年の夢
覚来帰一元　　覚来りて　一元に帰す

神色自若これを茂朝に示し、終に刃に伏す。茂朝大に驚き、涙を揮つて首級《みしるし》を取る。進士作左衛門は先だつこと半町ばかり、光秀の来らざるを怪《あや》しみ、馬首を回らしてこれを求め、光秀の屍を見て、偖《さて》も貞連《さだつら》こそ御先は仕るべきなる者に、後れ奉りしこと残念なりとて、刃を同うして屠腹《とふく》しぬ。比田帯刀は後れて至り、悲涙禁ぜず、また自ら刎《くびは》ね、光秀の屍を抱て死す。溝尾庄兵衛(茂朝)は、比田・進士二人の屍を蔵《お》さめ、光秀の首を妙心寺に納めんと欲して、潜《ひそ》かに山道を行きしも、敵兵途に満ちて行く可らず。遂に首を山間に埋めてまた刃に伏しぬ。

光秀の嗣子十兵衛尉光慶は、年甫《はじ》めて十四歳、時に病に罹りて亀山に在り、六月十三日、病革《あらた》まり、光秀が山崎に破れて、勝龍寺城に入りしとほとんど時を同うして死す。その傅《もり》隠岐五郎兵衛悲哀禁ぜず、殉死せり。たま〳〵山崎の敗報至るや、上下愕然、為す所を知らず。妻木七右衛門・内藤三郎右衛門の二人は光慶の遺骸を葬り、菩提のためとて、剃髪して山谷に逃れたり。

藤田行政(伝五)は右軍の将として山崎に死戦せしが、我軍終に大敗するに及び、また重創を被り、流血眼に入り、黒白を弁ずる能はず、敵はいづくぞ、潔よく一戦して義死すべしとて、まさに敵中に突進せんとするを、郎従馬を扣《ひか》へてこれを止め、敵軍に向ふと称し、淀の小橋より舟に乗じて逃れんとす。伝五これを覚り泣いて曰く、生くべきに生き、死すべきに死す、武士の進退かくの如きのみ。汝等婦人の仁をなし、却つて我を辱かしめたりと。翌十四日、三宅藤兵衛が勝龍寺城に激戦陣亡したるを聞き、莞爾《かんじ》として曰く、快哉三宅の勇や、我れまたこれを追うて山崎の辱を雪《そそ》がんのみと。刀を引いて自ら刎《くびはね》ぬ。郎従岡本次郎助またこれに殉《したが》ふ。

明智治右衛門光忠は、二条城の襲撃に創《きず》を負ひ、智恩院に在りて療治しける間に、山崎の戦ひ起り、光秀既に亡ぶるを聞き、悲痛哀悼、また自刃して死す。

安土城を守れる左馬助光春は、十三日の戦ひを聞き、憂慮禁ぜず、兵を率ゐて赴き援《たす》けんとす。しかも光秀既に敗れ、羽柴氏の将堀秀政、進んで安土を攻めんとし、両軍大津に会ふ。光春命運の既に尽くるを知り、快戦奮闘、大に敵軍を苦しめ、終に湖水を済《わた》りて坂本に入り、諸士と相見て後事を議す。光秀の夫人、妻木氏は烈婦なり。断じて曰く、今の時はた何をか議し、何をか謀らん。速かに火を放つて死を潔くすべきのみと。光春及び明智長閑斎光廉《みつかど》衆を諭して逃れ去らしめんとす。衆皆な聴かず、妻木氏また出で、懇《ねんご》ろに士卒を慰撫し、金帛を分与して遂に悉《ことごと》く城を出でしむ。しかしてなほ留まる者七十余人なりき。十四日正午、敵大挙してこれに薄《せま》る。妻木氏（時に四十八歳）乙寿丸（八歳）先づ刃に伏す。侍女十数人、また座を同うして殉死す。光春（四十六）・光廉（六十七）・その他将士、皆な滅ぶ。既にして火起り、明智氏半生の事業たちまちにして灰燼に帰し、坂本城趾、後人をして空《むな》しく麦秀《ばくしゅう》を歎ぜしむるのみ。嗟哉《ああ》。

結　論

臣を以て君を弑《しい》す、罪大に悪極まる。その人におけるや容《ゆる》さず。その法におけるや赦すなし。これ明智光秀が、暴逆無道の醜名を青史《せいし》に特筆せられ、三百余年後の今日に至るも、なほ士人の為めに唾棄《だき》せらるゝ所以《ゆえん》にあらずや。然れども、徒《いたずら》にその行為を捉へて、以てその精神を推し、単にその成敗に由りて以てその褒貶《ほうへん》を為す、幾ばくか能《よ》く皮相の断見を免かるゝを得んや。光秀は実にその君を弑せり。所謂《いわゆる》暴悪無道の蹟、形態においてはすなはちこれ有り。しかも試みにその心事を解釈し、その人物を追想するに至つては、未だその罪悪を憎むの悪感《あくかん》を惹くに遑《いとま》あらずして、却つてその不遇を憐むの同情を呼ぶは何ぞや。

顧《おも》ふに戦国の紊乱《びんらん》その極に達し、群雄四方に割拠して、呑噬《どんげつ》を逞《たくまし》うするに当つてや、社界の秩序・国家の威信は全く破壊蕩覆《とうふく》せられ、法令行はるゝ所なし。何ぞいはんや彼の所謂仁義・道徳なるものゝ存在するあらんや。強者はすなはち跳梁し、弱者はすなはち屏息《へいそく》す。人を殺し、城を屠《ほふ》るに巧みなる者、これを指して英雄といひ、屍を積み血を湛ふるに果なる者、これを称して豪傑といふ。君を弑して恬然《てんぜん》諸侯の列に在る者あり、松永久秀の如きこれ也。兄を殺して能く一世の雄たる者あり、上杉謙信の如きこれ也。父を逐うてなほ絶代の名将たる者あり、武田信玄の如きこれ也。その他骨肉相《あいは》食み、君臣相害《そこな》ふ者に至つては、滔々《とうとう》たる戦国の武将、誰れかその選に洩るゝ者ぞ。しかも世を挙げてこれを異《あや》しむ者なく、却つてその勇武を尊崇し、敬慕し、称揚す。国法この時に当つて何かあらんや。仁義この時に当つて何かあらんや。褒貶賞罰は、僅かに後世史家の筆に由《よ》つて定められしのみ。当時の人心、胡為《なんす》れぞ、能くその正邪是非を識認するの余裕かあるべき。足を翹《つまだ》てゝ風雲を望み、手に唾して功名を取らんと欲す。戦国武士の胸間、たゞこの慾望を盈《み》たさんが為めには、怨まずして殺し、憎まずして屠り、攻城野戦一に以て制する所なし。それかくの如き暗黒時代なり。残忍殺伐なる気風は、深く人心に浸潤し、彼の君を弑する者、父を逐ふ者、兄を殺す者の如き、また能くその領土に南面して、臣民を統御し、臣民これに悦服し、天下これを是認す。勢ひの至る所、かくの如きのみ。然らばすなはち光秀が主君の暴逆に堪る能《あた》はず、終《つい》に鋒《ほこさき》を逆《さかし》まにして本能寺の襲撃を断行せしも、またこれ当時の士風に徴して、深く怪しむを要せざる也。しかも後世、特に光秀の暴悪を指弾して已まざるもの、豈に軽重その中を得ざるの論にあらずや。

顧《おも》ふに光秀の信長に仕《つかう》るや、所謂千載の一遇なるものなりき。彼《か》の武この文相待つて、始めて天下の事を談ずべし。光秀の才芸智略、既に以て当時の逸品と為すべし。いはんやその惨澹たる半生の歴史は、謹厚堅忍の人をして、益〻謹厚堅忍の人たらしめ、主君に事《つか》へ、同僚に交る、温雅優容、敢て或は圭角《けいかく》を見《あら》はすなし。故に彼の信長の猛烈果敢なる性質を以てして、光秀を遇する、温情厚意至らざるなく、君臣長短相補ひ、和気《わき》靄然《あいぜん》として、襟懐《きんかい》あたかも春の如く、光秀をして十分に驥足《きそく》を展《の》ぶるを得せしめたり。

永禄九年より天正十年に至る十七年の間において、光秀が織田氏の覇業に貢献したる功労は、本文既に叙述せり。しかしてその報酬として得たるものは、すなはち丹波全国、及び近江滋賀・高島二郡なり。これを他の宿将に比すれば、また以て異数の栄達と謂ふを得べし。至大なる君恩と謂ふを得べし。然れども彼の丹波の如きは、全く光秀が一家の武勇を以てこれを剪取《せんしゅ》したるものにして、その名は主君の恩賜なりといへども、その実は自己の手腕を以て征服したるを記憶せざる可《べか》らず。しかしてその封を受け、侯と成るに及びてや、一に文教徳化を以て綱紀を張らんと欲し、戦国荊蓁《けいしん》の間に在りて、宛然《えんぜん》たる一箇の文治国を造る。彼の毎《つね》に人に語つて「仏のうそをば方便といひ、武士のうそをば武略といふ。土民百姓はかはゆき事なり」と言ひしが如き、以てその無告《むこく》の蒼生《そうせい》を憐むに厚きを知るべく、彼の数年頑強を逞《たくま》うせし波多野氏の亡《ぼう》状《じょう》を仁恕《じんじょ》し、その乞ひを容れ、その罪を宥《ゆる》さんと欲したるが如き、山本対馬守の孤忠を義として、これを幕下に招致せしが如き、以てその寛仁の量を窺ふに足るべく、山中鹿之助の落托を憐れみ、斎藤内蔵助の亡命を容れしが如き、以てその賢に下り、友を愛するの深きを知るべく、その知己朋友が、僧侶・歌人等所謂方外の徒にまで及びたるは以て、交通の広きを知るべく、その臣僚は概ね新進の徒なるも、誠忠能く股肱《ここう》たりしは、以て統御の宜しきを得たるを知るべく、叔父光安の高義、夫人妻木氏の賢徳、はた従弟左馬助光春・治右衛門光忠の忠勇双絶なる、女《むすめ》、細川忠興の妻の貞烈なる、皆な以てその家庭血統の善良なるを証するに足るべし。かくの如く数へ来れば、光秀が決して悪逆残忍の徒にあらざる証拠は、実に枚挙に遑《いとま》あらざる也。

その文既に彼が如し。しかしてその武また決して侮る可らず。砲術に秀でたる、築城に巧みなるが如き、これを末技と言ふといへども、しかも当時の戦術に貢献したる所、また尠《すくな》しと謂《い》ふ可《べか》らず。しかしてその嗜好の読書より得来りたる兵法の智識に加ふるに、六年の遊歴に親しく観察したる群雄の長所を以てし、理論を実験に徴して、以て一家の特長を作る。故にその軍隊の組織や、士卒の訓練や、これを他の諸功臣に比して、鮮明に異彩を放ちたりき。信長が天王寺に諸将の営を閲《けみ》し、深く光秀の軍法を嘆美せしが如き、すなはちこの例証なり。所謂文武双絶の良将、信長の幕下我れこれを明智光秀に見る。信長の鑑識能くこれを知る。故に任じて疑はざりし也。

然りといへども光秀と信長とは、既に先天の性質を異にせり。その相合ふやむしろ難く、相逆ふやはなはだ易し。既にその難きに合ふ。むしろ奇縁と謂ふ可し。しかして終《つい》にその易きに逆ふに至つてや、異性の衝突する所、勢ひ自《おのず》から激烈ならざる能はず。果然、織田氏の覇業既に成るや、かつて創業に急にして、泥土に英雄を求めし信長は、今や守成に急にして、疑心暗鬼を生じ、その猜忍刻厲《さいにんこくれい》の病を助くるに果敢峻烈の資を以てし、宿将を殺し、功臣を逐ひ、暴戻残虐《ぼうれいざんぎゃく》、一として忍ばざるなく、終に猝《そつ》然《ぜん》として光秀の人物を異《あや》しむに至れり。一たびこれを異しむや、所謂一波動く所、万波これに従ふなり。かつて光秀を寵遇するや、彼の典雅なる、謹厚なる、多能なる、沈勇なる、ことごとくその温情を惹かざるはなかりき。今や猜忌の眼光を放つて彼れを見る、一挙一動、ことごとくその嫌悪の念を資《たす》けざるなし。愛情は妬情と変じ、好意は悪感《あくかん》と変ず、妬情悪感こも〴〵通識の光明を掩《おお》ひ、一歩は一歩より、暗黒の中に進み、終に森蘭丸の讒間《ざんかん》を容《い》れ、稲葉長通の誣言《ぶげん》を容れ、狂熱惑乱、五十四万石の国主を衆人中に鞭撻して犬馬と選ばず。二たび安土城に酷待して飽かず、三たび出征の回章に侮辱して飽かず、しかして終に青山与三をして領国没収の宣告を伝へしめたり。

光秀は人情の堪《た》ふべきを堪へたり。否《いな》人情の忍び能はざるを忍びたり。一たび甲府に逆待せられて怨まず、徳川氏の饗礼を命ぜらるゝや、全幅の至誠を注射してその事に従へり。以為《おもえ》らく、かくの如くにして以て、主君の感情を和《やわら》ぐるを得べしと。何ぞ測らんや、その忠勤は却つて主君の逆鱗に触れ、二たび安土城に逆待を蒙り、将帥としての体面や、国主としての威厳や、はた従五位上日向守としての名誉も、幸福も、ことごとく彼の侍童の鉄扇に破壊し尽されたり。十七年の久しき膝を屈し、頭を垂れ、万死の境を犯して、織田家に臣事せし所以《ゆえん》のものは、一に名を成し、家を興さんと欲するが故のみ。然るに今やかくの如し。人情豈《あ》に能くこれを忍ばんや。飢ゆればすなはち伏し、飽けばすなはち起つ。戦国武士の去就、すなはちこれ也。光秀にしてもし当世尋常の戦国武士ならしめば、本能寺の一炬《いっきょ》、豈に六月二日の後を待たんや。然《し》かも光秀春秋既に五十を超え、思慮老熟の境に達し、加ふるに天稟《てんぴん》の謹厚堅忍を以てす。その臣下の激昂を慰むるに、君、君たらずといへども、臣は以て臣たらざる可らずとの聖訓を以てし、厭《あ》くまでその臣節を全うし、甘んじて信長が嫉妬の犠牲たらんとせり。けだし彼れが高遠なる理想は、当時の所謂「忠」なるもの以外、別に一道の光明を放つて、君臣の義を解得せり。故に死地に陥ること再三にして能くその臣節を保持し、堪へ難きを堪へ、忍び難きを忍ぶ、衷情《ちゅうじょううた》転た憐むべき也。しかして終に青山与三が齎《もたら》せる最後の宣告を聞き、はた激昂せる臣僚の忠言を聞くに及び、かつて容忍堅耐せし反動は、猛然その感情を激越して、謹厚彼の如き光秀をして、「身をも惜しまじ名をも惜しまじ」の苦吟を発せしめたり。

光秀果して謹厚文深の人なる歟《か》。その身を惜しみ、名を惜しむ、自から深からざる能はず。しかも今や、身をも名をも惜まずと放吟して、憚らざるは何ぞや。臣を以て君を弑す、悪逆の名免かる可からず。強て弑逆《しいぎゃく》の名を甘んじて、一時の快を取るといへども、師の名既に正しからず、以て天下の敵に当る。胡為《なんす》れぞ、能く滅亡に就かざるを得んや。然らばすなはち、その叛旗を掲ぐるの日は、身と名と共に滅ぶるの時なり。光秀明かにこの理を知る。知つてしかして已む能はず、けだし勢ひの必至なり。

信長の殺意既に掩ふ可らず。退いてその刃を待たんか。進んでその刃を奪はんか。これ焦眉の急問題なり。退いて刃を待つ、固《もと》よりその身を保つ能はずといへども、なほその名を保つを得べし。進んでその刃を奪ふに至つては、すなはち身と、名と、共に保つ能はざる也。究竟《くっきょう》その身を保つ能はずんば、余す所はその名を惜しむと否とに在り。ここに至つて進退の決、誰れか能く惑はざるを得ん。嗚呼《ああ》、光秀が当年の心事、誰れか能くこれを悉《つ》くさんや。

この時に当り、激昂せる臣僚は死を決して光秀の叛を促せり。彼等は主君の屈辱を以て、自己の屈辱となし、主君の鬱憤を以て、自己の鬱憤と為す。眼中信長なき也、人倫なき也、はた自身なき也。しかしてこの屈辱を雪《そそ》ぎ、この鬱憤を散ぜんが為めには、如何なる汚名を蒙り、如何なる罪悪を犯すをも辞せず。所謂死を視ること、帰るが如くなる者也。その忠烈悲壮、転《うた》た人をして泣かしむる者あり。いはんや親しくその境に在り、その言を聞く。光秀たる者、縦《たと》ひ木石といへども、感動せざる能はざる也。ここにおいてか、意昂《あが》り、情激し、謹厚の人終に謹厚なるを得ず。堅忍の人終に堅忍なるを得ず。断乎として身をも惜しまず、名をも惜しまざるの決心を為す。しかして曰く、「心知らぬ人は何とも言はゞ言へ」と。嗚呼《ああ》彼は暴逆の悪名を「心知らぬ人」の言として甘受し、以て「心知る人」を千載の後に待たんと欲する也。

意既に決し、馬に策《むちう》ちて亀山に帰るの途、一夕愛宕山頭の雅筵に胸裡の煩悶を解かんとするや、更《さ》らに放吟して曰く、「時はいま天が下知るさつき哉」と。以てその天下を窺ふの意を表白せり。嗚呼《ああ》この言、終に光秀の口より出づ。咎むるを休《や》めよ、彼已に「身をも惜しまじ名をも惜しまじ」と曰ふ。自暴自棄の狂丈夫、その天下を志ざすもまたこれ自暴自棄の死にもの狂ひに外ならざる也。しかもかつ繊巧なる文藻を、豪興に寓し、紹巴・昌叱等専門の文人をして啞然たらしむるもの、以て彼の自暴自棄の狂丈夫が、如何に胸懐一掬《いっきく》の余裕あるかを推想するに足らずや。

天正十年六月二日の昧爽《まいそう》を以て、本能寺の山門に狂ひし水色桔梗の九本旗は、終に織田氏の覇業を破り、光秀の志を破れり。嗟哉《ああ》、狂丈夫その狂を遂ぐ。しかして本能寺・二条城の炎焰《えんえん》漸く鎮静に帰するや、妙心寺の方丈、松籟幽閑《しょうらいゆうかん》なる所、光秀はその頭脳を冷却して、俯仰《ふぎょう》人世の夢幻なるを感じ、一聯の詩句を書してまさに自家良心の痛苦を地下に免かれんとせり。嗚呼《ああ》彼れや、事既にここに至るも、なほその理想の光明を埋没する能はざる也。たま〳〵臣僚の覚る所と為り、光春等入つて苦諫するに及び、遂にまた乱渦の中に立つて、以てその良心を欺くに至れり。しかしてその為す所を見るに、或は皇室に対して勤王の実を表し、或は租税を除き細民を賑恤《しんじゅつ》し、善政一として尽さゞるなし。これを彼の一たび志を成すや、驕横専恣《きょうおうせんし》、以て一時の快を貪る者に比すれば、その差霄壌《しょうじょう》も啻《ただ》ならず。或は曰く、これ光秀が天下の人心を収攬《しゅうらん》せんと欲したる虚飾の仁政に過ぎざるのみと。嗚呼《ああ》、何ぞ然らんや。しかも区々たる十三日の仁政、また謂ふに足らず、六月十三日山崎の弔戦において、光秀の幕下にして、いやしくもその名を知られたる者は、ことごとく悲壮惨凄なる戦死を遂げて、臭名を千載の下に甘んじ、たま〳〵戦ひに漏れて、亀山・坂本の諸城に在りし者、また潔く刎頸《ふんけい》して、不祀の鬼たるを悔いざりしを以てこれを見れば、明智光秀なる者の眉目風采は、髣髴《ほうふつ》として吾人の眼界に浮び来る也。一日の恩能く死を視る帰るが如くならしむるは、仁者もこれを難しと為す。しかも能く旗下幾多の臣僚を心服して、その碧血《へきけつ》を灑《そそ》がしむ。光秀の徳また偉なる哉。

逆順無二門、大道徹心源、五十五年夢、覚来帰一元。あゝ逆順二門なし、本能寺の挙や、むしろ光秀の正当防衛なり。光秀を殺す者は信長なり。信長を殺す者また信長なり。武王天子を弑す、これを弑逆と言ふ可らずんば、光秀また可憐の英雄漢子たるを失はざる也。もしそれ、強て所謂名分《めいぶん》を正うして、枯骨《ここつ》に鞭うたんと欲する者あらば、借問《しゃもん》す、秀吉はいかむ、家康はいかむ。

小泉三申論

橋川文三

1

三申《さんしん》小泉策太郎（一八七二―一九三七）にはまとまった伝記もなく、年譜として参考すべき刊行物もないようである。『小泉三申全集』（岩波書店、昭和十四―十七年）第一巻の予告を見ると、その第六巻に白柳秀湖《しらやなぎしゅうこ》執筆の小伝を収めることになっているが、この全集は第一―四巻を出しただけで中絶したため、この小泉伝というのも日の目を見ないことになってしまった。三申門下というべき文人には、他に木村毅《きむらき》あり、林房雄あり、いずれも三申伝執筆の最適任者と思われるが、それらの人々にも、この興味ある人物についての伝記はないようである。さし当り林房雄氏など、『大東亜戦争肯定論』などよりも、

「小泉三申論」を執筆してもらいたいものと私などは思う。氏の年少の友人三島由紀夫氏にはみごとな『林房雄論』があるではないか？

現在、三申小泉策太郎の名前を覚えている人々は必ずしも多くはないようである。とくに若い世代にとってはそうであり、たとえばその名前を問われて、かつての幸徳秋水《こうとくしゅうすい》の親友、のちには政友会随一の策士、晩年にはコミュニスト林房雄のパトロンでもあったという断片的な知識さえもっている学生は少ないようである。だから、はじめに、ごく簡単に小泉の経歴と為人《ひととなり》を紹介しておくのが便宜かもしれない。

「小泉策太郎、三申と号す、静岡県賀茂郡三浜村子浦（現在、南伊豆町に入る）の人。明治五年十一月三日、小泉定次郎の長男として生まれ、同村の小学校成功館に学ぶ。餓鬼大将ぶりも学校成績も村一番、絵本持ちとしても村一番であったという。訓導栂野虎次郎（幕臣・儒者）に漢籍を教えられ、読史の趣味を学ぶ。明治十九年、上京、銀座二丁目船来鉄物商田島為助方へ徒弟奉公に入る。明治二十年、帰郷、成功館教員となる。同年、創刊された『国民之友』を耽読し、文章に眼を開く。明治二十一年九月、教員を辞職、翌二十二年四月、改めて三浜尋常小学校授業生となる。明治二十五年、自由党系「静岡日報」に入ったが、数カ月で退社、上京、放浪、大衆小説家村上浪六《むらかみなみろく》方に再度にわたり食客となる。その間、浪六の盛名に刺激され、『新小説』の懸賞に小説一、二篇を投稿、その一つが一等に入賞した。明治二十七年、板垣退助を社長とする「自由新聞」に入社、幸徳秋水、堺枯川《さかいこせん》らと識り、終生の交りを結ぶ。入社早々、史伝「慶安騒動私見」を連載（明治二十九年「偉人史叢」の一巻『由比正雪』として刊行されたもの）。のち星亭《ほしとおる》の「めざまし新聞」に移り、明治二十八年、日清講和談判当時には、特派員として広島に出張。この頃から生活のための著作多く、明治三十年中には、『加藤清正』『明智光秀』『織田信長』の三冊を刊行、年少の史論家として頭角をあらわす。明治三十一年（？）自由党系、「九州新聞」創刊に当り、その主筆として招かれ、熊本に赴任、安達謙蔵（「九州日日」）、古島一雄（「九州日報」）、高橋光威（「福岡日日」）らと角逐する。

明治三十五年「九州新聞」をやめて上京、財界進出に転換、米相場、石材売込みなどを策し、さらに明治三十七年十一月、週刊「経済新聞」を創刊、その成功によって兜町に勢力をきずく。同じ頃、印刷所三協舎の経営にも着手、以後、大正期にかけて、東京市街鉄道株式会社、朝鮮瓦斯《ガス》電気株式会社、馬来《マレー》護謨《ゴム》栽培株式会社、大連株式商品取引所、等々の要職を歴任、相場師、実業人として名を知られる。

この間、明治四十五年、かねての素志を実行して静岡県より衆議院選挙に出馬、当選。以後当選七回、政友会に所属し、大正十四年、同会顧問、のち総務となり、政界の黒幕、策士の名を喧伝される。昭和二年、田中内閣の下に行政制度審議会委員(親任待遇)となったが、同三年、田中義一首相と所見を異にして政友会を脱党、以後無所属のまま常に政界風雲の策源地として注目されながらも、書画・仏像に親しみ、文筆を友として晩年を送る。昭和十二年七月二十八日歿。号三申はその生まれが申の歳、申の日、申の刻であったのに因み、十二、三歳の頃、その師梅野虎次郎が選んでくれた俳号に由来する。」

右に掲げた略歴は極めて不完全なものであり、幾つもの空白の外、年時についても不確実な点が少なくない。ここでは、たんに小泉の人間的履歴を彷彿せしめるため、二、三の関係資料を補綴してみたにすぎない。しかし、もしここから、小泉の人間像がきわめて複雑な輪郭をもち、その経歴が異常な屈折にともむことさえ理解されるならば、さし当りの目的は達成されたことになる。『全集』に挿みこまれた広告ちらしに、多分白柳秀湖の筆かと思われる次のような文章が印刷されているが、両者あわせて、まず小泉の人間的イメージを提示するには足りるであろう。

「三申小泉策太郎翁の一生涯は七ころび八起きの不倒翁《おきあがりこぼし》のようである。年少、小説家を志して浪六に師事し、新小説に発表した処女作は早くも鷗外に認められ、別に続々と史論を発表して、その『信長』の如きは今日も、弱冠三申にこの史眼ありしかと蘇峰氏の賞讃される所となっている。ついで自由党系の新聞記者となって民権のために万丈の気焰を上げ、ついで筆を収めて財界入りをして、相場の方面でも同業者仲間を瞠目せしめた。ついで政界に現われて政党最も華かなりし頃の政友会の重鎮と推され、高橋是清《たかはしこれきよ》に栄爵を辞職さして裸一貫にして選挙を争わせたのも、田中義一にサーベルを外《は》ずさせて丸腰にし政党総裁に引きこんで来たのも、みな三申翁が蔭にいて打った芝居である。政界策士の名、騒然として一世に高かった。晩年は政治に意を絶ち、元に還って専ら文筆を弄するのが唯一の娯しみであった。趣味博洽《はっこう》、識見高邁、人生の甘酸に徹し世相の機微をつき、政客の俗臭なく、文人の迂《う》腐《ふ》なく、謂うところの「大人のための文学」とは、この三申全集を措いて外にない。」

これらの記述において、まず注目したいことは、そのいわゆる「七ころび八起き」という生涯の変転ということである。

2

その経歴の屈折と多面性は、三申の人間形成と、さらには、その政治への接近の特質を理解する重要な外形上の手がかりであろう。というのは、端的にいえば、三申の最大の親友であった幸徳秋水をはじめ、多くの自由党系政治青年もしくは思想家たちが現実に生き、もしくは生きようとして生きえなかったさまざまの可能性を、三申はその一身の中にことごとく生き、もしくは生きようとしたのではないか、ということである。そして、当面の問題でいえば、三申のそうした生き方から形成されたそのパーソナリティなり政治的な知恵なりが、策士・謀師としての彼の能力を作り上げた一要因ではないか、というのが、私の推測の一つである。そしてそのことを見るためには、策士としての三申の名を高からしめた護憲三派運動における彼の黒幕ぶりをいきなり見るよりも、まずその青年期における政治もしくは歴史関心を、とくにその莫逆《ばくぎゃく》の友秋水との対比においいて見ておくことが重要だろうと私は思う。

秋水と三申の友情がいかに深切なものであったかは、秋水の明治三十二年の日記「時至録」をひもとくだけでも彷彿とする。また、その獄中からの書簡、とくに死刑の三日前に記された三申宛の文中に「兎に角貴様には是迄《これまで》一方ならぬ世話になって遂に報ゆることを得なかった。明日知れぬ身だから此《この》機会に於《おい》て深く感謝して置く」というような文字があるのを見てもわかる。三申が幸徳の墓碑銘を書いていることも、未亡人師岡千代子の世話を二十年にわたって看つづけたことも、その真情の証《あか》しであるし、別に堺利彦、鈴木天眼、長田偶得など、両者の友情に関する証言を書き記した人々も少なくない。要するにそれは、ほとんど人生論的な味わいを含んだ劇的な友愛であった。

もともと、三申の友に対する愛情の深さは、つとに明治期の不遇なジャーナリストの一人鈴木天眼によって「我三申の如き一旦相許せば、則ち終生渝《かわ》らざる愛念と義理との堅固なる者を見るは(当世)寧《むし》ろ珍異の事にして、特に同人間の之《これ》を至宝視する所以《ゆえん》なり」と讃歎されていることでも知られるように、その人間性の著しい特徴であった。ただ秋水との場合は、一般に政治と思想ないし生活と学問とに対する両者の姿勢の差異というべきものが、やはり注目されるはずである。後年、三申は秋水問題に関して、次のように語っている。

「僕は幸徳のことでも、よく人に、ああいう異端、社会主義の、今でいうシンパのようなことをしたのは、やはりその主義に興味を持たれたのかと聞かれるが、これは簡単明瞭、かれ等の主義主張に共鳴したのではない。いささか友誼・友情・友道につくしたのみである。人心の異なることは、なおその面の如し。いかに親友でも、思想は必ずしも一致しない。殊に僕と秋水、堺も同じく、親友であるとともに政敵でもあったが、だまってかれ等の社会主義運動を見ていて、一言も忠告したことはない。しかし晩年に大分幸徳の思想が危険性を帯びて来て、政府の圧迫も激しくなった。そこで要するにきさまの社会主義も、一つの学説の研究であろう、学問の一科目とすれば試験室へ入って、蚤の卵がいくつあるかということを研究しても、面白くて人間の一生を託するに足る。御本人には非常な興味を感ずるだろうが、きさまは、そうした研究家としては、学問があり過ぎる、常識があり過ぎる、文章がうま過ぎる、その学問、常識、文章をもってすれば、一生涯を託すべき面白いことは、他にもいくらもあるはずではないか。一つ気を変えて、当分でもよい——専門的に歴史の研究をして見ろ、殊に日本の歴史を研究して見ないかと勧めたものだ。（略）

かりにきさまが社会主義者であっても、また無政府主義者であっても、その事業をやることと矛盾はない。そうしている間に、自らきさまの安住の天地が発見されないとは限らない、社会主義とか、無政府主義とかいって、革命家の仕事に任ずるのには、きさまは余りに智恵があり過ぎたり、からだが弱過ぎたり、過ぎたものばかりだ。幸いにしてもっと安易な境涯が発見されるならば、きさまも意外な方面に半生を託することができるだろう、云々」(「暖窓漫談」)

これらの言葉を通して気づかれることは、三申が決して抽象的学理もしくは原理にコミットする人間ではなく、むしろいわば人間そのものへの濃厚な関心の持主であったということである。そして、これは、いわゆる黒幕ないし策士の充分条件ではないにせよ、必要な資格であることは、たとえばS・ツワイクの傑作『ジョセフ・フーシェ』伝を見ても了解されるであろう。フーシェはまずその僧院生活において、千年以上の伝統をもつカトリック人間学に通じることによって、のちにはパリ警視総監としてあらゆる人間についての情報を掌握することによって、政治の世界に不思議な影の作用を及ぼした人物であるが、同時にその生涯が一種完璧な無原理によって貫かれていることも、ツワイクの指摘するところである。

一般にいわゆるブレーン・トラストないし政策立案者とことなり、政治的黒幕・策士といわれるものが、政策によって政治的局面の展開をはかる人間ではなく、逆に人間を動かすことによって、政治的局面の打開・転換をはかる存在であると規定されうるとすれば、彼らにとって、何よりも必要な資格は、原理ではなく、人間の精通者であるということであろう。三申の場合も、その資格は、青年期における生活と学問によって養われたのであり、とくに、彼をして、その意味での人間通たらしめ、また大政党総裁をも動かすほどの迫力をその言動に与えたものは、その読史の素養にほかならなかったと私は思う。

その意味では、彼の処女史伝というべき『由比正雪』をはじめ、上記の幾つかの史伝を詳しく見る必要があるが、ここではその余裕はない。ただ、上述のことがらと関連していえば、何よりも彼の史伝が、その若年の著作であったにもかかわらず、感情移入と客観的評価の秀れたバランスを示していることは注目さるべきであろう。民間史家としての三申を徳富蘇峰《とくとみそほう》・山路愛山《やまじあいざん》・竹越三叉《たけこしさんさ》もしくは北一輝など、ひろく在野歴史家の中にいかに位置づけるかということは、それとして一つの問題をなすはずであるが、ともあれその史伝の特質の一つは、人間を劇的なるものとしてとらえる嗜好がきわめて自然な形であらわれていることであろう。彼は、信長のドラマに感動するのと同じように、光秀のドラマに歴史家としての共感を惜まない。いずれが順、いずれが逆という原理の観点はここにもまた存在しない。いわばそこには、あるすぐれた主情的感動を与えるものへの平衡のとれた共感のみが一貫している。それは、くりかえしていえば人間への共感であってその人間の信奉する「思想」への共感ではない。小泉の歴史記述と、実際生活における思想的寛容とは、その点に関連している。たとえば、鈴木天眼は次のように述べている――

「今にして検すれば、小泉君が少壮にして、轗軻《かんか》落魄《らくはく》の際、米塩の資料として執筆しける此《この》由比正雪一巻は、叙事穏妥《おんだ》、論断平正、少年血気の士の作とも覚えざる文趣を具うるなり、是豈《これあに》三申其《その》人の人格の流露を徴す可からざらむ耶。由比正雪ちよう書名を聞く時は、著者も亦《また》冒険弄危を愛する人かと聯想《れんそう》されなむが、著者の性格は実に書中の文辞の平正迫らざる処《ところ》有るが如くに然る也と。」

由比正雪と、信長と、清正と、光秀と、いずれも尋常の性格、運命の持主ではない。あたかも幸徳がそうであったように。しかも、そのいずれに対しても、三申は青眼を以て平正にその生活を叙述し、もしくは現実にその最後を見とっている。いずれにせよ、三申は、いわゆる「思想」により人を見るという習性からほとんど全く自由であった。

「赤に対してすら、私はむしろ青眼をもってこれを見て、世間並みの深酷な見方はしない。その気持が林房雄君に幾分の関係をもつ。」(「暖窓漫談」)

これは、白柳秀湖がつれてきた林房雄に対する小泉の温かい庇護に関連しているが、昭和九年冬、林の下獄にさいして、伊東の別荘の空家を林家の生活費節約のため貸してくれたのが三申であった。

しかし、こうした思想的寛容というのは、近代的原理としてのトレランスというのとは異なっている。三申はその素養から言っても西欧的思考法には無縁だったというべきだし、その寛容はむしろ没思想の立場から生まれている。いわば三申の人間論の基本的立場は、ある人間の劇化価値というか、共感の容量に関係している。そうして同じその人間論が、彼が政友会の策士として活躍する場合の根源的な武器ともなっている。たとえば彼は次のような形において人間を動かす。

「死んだ横田千之助は彼の親友であった。それが云っていた事に、小泉は革命家だ。だから小泉と話している内に、情熱を吹き込まれて、自分は元気が付く、なんでもやってのける勇気がつく、二、三日して意気銷沈すると小泉の処へ行って話しをする。そうするとまた元気が出ると云った。革命家と云うのは唯《ただ》の形容詞に過ぎないけれど、小泉が燃ゆる如き情熱を胸に貯えている事は事実だ。」（馬場恒吾『現代人物評論』）

ここでいう情熱というのは、多分M・ウェーバーが『職業としての政治』であげている政治家の三つの資格の一つ——あの事実《ザッヘ》への情熱というのとは異なっている。後者の意味での情熱は政治家《ステイツマン》を作るが、それは黒幕・策士を作る情熱とはことなる。前者は政治的局面のドラマタイジングへの情熱であって、政治的な事実関係への冷徹な認識のそれとは異質である。しかし、それこそが正に小泉の人を動かす力の根源であった。

政治家としての小泉の生涯において、恐らくもっとも生彩にとむのは、大正十三年護憲三派を結集して清浦内閣打倒に邁進した時期であろうが、そのきっかけをなした出来事の一つは、小泉が総裁高橋是清の真意を叩き、彼の辞爵、衆院進出の決意をひき出したことであった。ここでも興味をひくのは、当時、政友会の柱石と見なされた横田千之助さえが、高橋の真意打診の役割は小泉以外にはないと判断し、再三の説得によって、物臭がる小泉を高橋邸に派遣していることである。小泉のそうした能力は、局外者から見ると全く不思議な感じがするほどであるが、それもまた上述のような「情熱」に由来しているし、そのさい、彼が他を動かす力は、ある政治的局面を、一個の典型化された歴史劇の情景として描き出してみせる能力をともなうものであったとみてよいであろう。

高橋との会談の場面は、馬場《ばば》恒吾《つねご》によれば次のようなものであった。

「高橋に会って聞くと、高橋の決心というのは、自分が政友会総裁であるがために、政権が政友会に来ないのであるから、自分は総裁をやめて、政界を引退する。あとは政友会は団体の代表制委員ででもやって行ってもらいたいというのであった。

その決心があまりに悲壮なのにつりこまれて、小泉は持前の激情を勃発せしめた。あたかも狐に乗りうつられた心持ちなのである。

（略）だから小泉は昂奮して「政党首領はそんな詰腹を切らされて引退すべきものではない。原の横死で政友会は大阪城に来たのだ。関ケ原の一戦なくして、政友会が治まるはずがない。その戦いを開くには今が時期である。貴族院が政権を握るに対してわれわれは衆議院本位で進む、われわれの方が正議正論だ、総裁も貴族なんかやめて、衆議院に打って出る、そして関ケ原の戦争をやる決心をなされたい」と言った。そこになると高橋の恬淡《てんたん》無慾の性質が発露した。

「よしやる、華族をやめるなど何でもない。君その手続を教えてくれ」

闘争の感激に燃えて二人は深更泣いて別れた。」（馬場、前掲）

この直後から三申の大活躍が始まるわけだが、この前後の経緯は、護憲運動史上の著名な事実であるから省略する。ここでは、ただ、三申が人を動かすのに当って、理論や心理に訴えるというよりも、人を全状況としてとらえる強力なイマジネーション、つまり歴史的状況のドラマティックな模写という方法に訴えていることを想見するだけでよい。上述の文章だけでは簡単すぎてその間の消息が充分にはうかがえないかもしれないが、たとえば三申は、当時の政治状況を次のように見るのである。

「原亡き後の政友会は、あたかも秀吉薨じて後の大坂政局の情況と相似ている。諸侯にわかに統率者を失って適従する所がないのに、閣僚——太閤時代の五奉行、石田、増田等に対する、軍部——加藤、福島、浅野などの武勲派の不平がある、秀吉の盛時、已に関ケ原の危機が萌しているから、到底無事には治まらない、概略そんな風に考え、何時かは知らず必ず爆発するものと、冷静に観測していた。云々」

（「懐往時談」）

3

いわゆる策士としても、人間としても、三申についてはまだ論じたいことが少なくないが、紙数もつきたので割愛する。ただ、たとえば『松本剛吉政治日誌』『西園寺公と政局』等々にあらわれる元老の見た三申という問題は、やはり注目されるはずである。そこでは概して三申への不信感の方が濃くあらわれており、たとえば「〔田中義一が〕小泉如き者に玩弄物にさるることは誠に困る。過日も小泉来り盥廻《たらいまわ》し云々と言いしが、盥廻しという語は自分は知らないが、人の教えを受けたるに、相場師か何かが使う語だそうだ。そういう連中を当《あて》にしてやる事は誠に困る」とか、「文章が偉いとて政治はやれるものではない。事を行うた後文章にも必要があるが、之《これら》等のことは余程注意して貰わねばならぬと言い、暗に小泉策太郎のことを語られたり」とか、西園寺が小泉を一面では近づけながら、冷徹にその政治的飛躍を測定し、心を許さないでいる様子が歴然とあらわれている。これをたとえば、『随筆西園寺公』(全集第三巻)にあらわれた小泉の靄然《あいぜん》たる傾倒と対照するとき、日本政治における最高の黒幕としての元老と、漁村生まれの俊敏な一策士とのコントラストは、私などに無限の興味をいだかせずにはいいない。

解説
――『明智光秀』、一閃の光芒

宗像和重

一 「史伝」の時代

三申小泉策太郎の『明智光秀』は、明治三十年(一八九七)五月、伝記のシリーズ『偉人史叢』の一冊として東京の裳華房から刊行された。明智光秀のまとまった伝記としては、近代に入って最初のものである。

いま「伝記」と述べたが、『偉人史叢』ではこれを「史伝」と呼んでいる。「裳華房主人」の名前で掲げられている「偉人史叢発刊の趣旨」には、「従来世に行はるゝ史伝を看るに、和漢学者の手に成れる者多くして、文章観るべく、詞藻賞すべしと雖ども、史伝として格に入るもの極めて稀なり、故に偉人哲士の事歴行実も時日と共に湮晦して、其真面目を知ること能はざるに至らんとするの惧れあり、弊房是に慨する所あり今回偉人史叢を発刊し古人の中に就き、其言行の最も俊邁卓異にして、観感の跡ある者を撰択し文壇新進の士に請ひ、斬新雄快の筆を借りて其人と其時代を伝へ、以て社会を益せんと欲す、」とある。

今日では、「史伝」といえば、森鷗外の名前と強く結びつけられ、「北条霞亭」や「伊沢蘭軒」など、江戸後期の医官・儒者の足跡を辿った晩年の「史伝」をもって、鷗外の最高傑作とする評価も少なくない。しかしもとより、これらを「史伝」と呼んだのは鷗外自身ではなく、「史伝」は鷗外の発明でも、近代の発明でもない。古くは、『晋書』の鄭方伝(巻五十九列伝第二十九)に「博渉史伝」とあることなどが知られているが、近代に入ってからも、明治二十二年(一八八九)四月には『史伝雑誌』(史伝社)が創刊されているほか、明治二十年代から三十年代の雑誌の多くには、「史伝」欄が設けられていた。その一つである総合雑誌『太陽』創刊号(明治二十八年一月)の「史伝」欄には、「小は一人の出処言行、一事一物の沿革変遷より、大は邦国世界に於ける古今細大の現象は皆以て啓智発蒙の資料たり、当代第一流の史学家か炬眼に映したるもの即本欄に於て見る」と注記され、同じく第十二号（明治二十八年十二月）の誌面改良広告に掲げられた「史伝」の項には、「内外偉人の伝記逸事、社会文明の沿革変遷」といった注記もあって、当時の「史伝」の輪郭をうかがうことができる。

こうした、「内外偉人の伝記逸事」としての「史伝」が盛んに求められたのは、立身出世のモデルというだけでなく、明治維新からさかのぼるそれぞれの時代において、近代国家形成の礎となった英雄豪傑の事蹟こそが、もっともよく国民意識を糾合するものだったからにほかならない。できごととしての「史」は、ものがたりとしての「伝」によってあざやかな光彩を放ち、ものがたりとしての「伝」は、できごととしての「史」によってたしかな紐帯を獲得する。そこに、この時代における「史伝の流行」（『国民之友』第二百五十号、明治二十六年十二月三日）を見ることになるが、「明治二十年代となると、新しい人物論のブームを呼びおこした」という大久保利謙は、「この時期のロマンチシズム思想と、それによる新しい人間像の摸索とも照応するもので、カーライル流の英雄論が一般に流行したのもそうした風潮からであった」として、明治二十年代の人物論の盛行を次のように概括している。やや長い引用になるが、小泉三申『明智光秀』の背景を確認するために掲げておきたい（大久保利謙歴史著作集8『明治維新の人物像』、昭和六十四年一月、吉川弘文館)。

明治二十年代の人物論では、政教社の三宅雪嶺《みやけせつれい》、民友社の徳富蘇峰《とくとみそほう》、山路愛山《やまじあいざん》の一派の活躍が華々しかった。とくに民友社はこの時期に『今世人物評伝叢書』『十二文豪』『少年伝記叢書』などの伝記叢書を発刊したほか、徳富蘇峰の『吉田松陰』、弘松宣枝の『坂本竜馬』、徳富健次郎(蘆花)の『武雷土《ブライト》』『格武電《コブデン》』など多くの人物伝を刊行している。蘇峰の『吉田松陰』(明治二十六年〈一八九三〉刊)は、「維新革命史論」とサブタイトルをつけ、内容は松陰の伝記にことよせて維新史論を展開して、明治維新を社会的革命(今日いわれるようなものではないが)として論じ、この幕末以来の政治・社会状勢の革命によって、そこに新しい日本が生れたと論じている。そして松陰はこの革命の推進者としてとらえられている。この松陰のとらえ方には新鮮味があった。

ここに指摘されているように、この時代の「史伝」の隆盛を導いた大きな原動力となったのが、徳富蘇峰および民友社の史論家たちであった。『国民之友』創刊号(明治二十年二月十五日)の社説「嗟呼《ああ》国民之友生れたり」に、「吾人は唯た新日本の新人民として其の職分を尽さんと欲するものなり」とあるように、「平民主義」を標榜する民友社の事業の中心にあったのは、いわば「人間力」の鼓吹ともいうべきものだった。その精華が英雄の伝記であって、民友社の代表的な史論家山路愛山は、後年の「田舎より首府に(第五信)進め光明にまで」(『国民新聞』明治三十三年五月四日)において、次のように語っている。

余は嘗て蘇峰、三叉、呑牛、停春、蘆花の諸先輩と共に事業の中心は人なる事を信じ、英雄の伝記は即ち人間の歴史にして、而して又其哲学なることを信じ、筆を東西の英雄伝に着けんとせり。余輩の期する所は故紙堆裏より余輩の心裏に復活し来りたる、血あり、涙ある英雄を写して現代を教へんとするに在りき。

したがって、この民友社から、近代の本格的な伝記のシリーズとしては最初の『十二文豪』が刊行されたのも、偶然ではない。「文豪」という表現自体、文学を兵馬の英雄豪傑にも等しい事業として捉える民友社の立場が如実に反映されているが、平田久著

『カーライル』(明治二十六年七月)を皮切りに、竹越三叉著『マコウレー』(明治二十六年八月)、宮崎湖処子著『ヲルヅヲルス』(明治二十六年十月)、北村透谷著『エマルソン』(明治二十七年四月)、徳富蘆花著『トルストイ』(明治三十年四月)、塚越停春著『滝沢馬琴』(明治三十六年一月)など、欧米文学者を中心に、「号外」五冊を含む全十七冊が、約十年の歳月を費やして刊行され、広範な読者を獲得した。

この『十二文豪』のシリーズに、『荻生徂徠』(明治二十六年九月)、『新井白石』(明治二十七年十二月)の二冊を刊行している山路愛山は、明治二十五年(一八九二)九月から『国民之友』に創設された「史論」欄の執筆者としても、「梁川星巌《やながわせいがん》」「大石内蔵介」「足利尊氏」などの伝記を精力的に綴り、在野の史論家としての地位を確立していくことになる。ここで在野の史論ないし史学というのは、ただアカデミズムに属さないということだけを意味するものではない。権威をもって体制を正統化することを目的とする官学に対して、正統化の目的をもたない、さらには体制からの超越をも志向する史論・史学を指している。

後年の回想「暖窓漫談」(『懐往時談』所収、昭和十年十一月、中央公論社)において、「「国民之友」が出たのは、明治何年だつたかね。その頃何処に何をしてゐたか覚えてゐないが、渇者の飲をむさぼるやうに、殆ど諳誦するぐらゐにして、手を措くことができなかつた」と語っている小泉三申が、蘇峰・愛山を初めとするこうした民友社の史論・史学に強い影響を受けたことは間違いない。が、その関心が『明智光秀』『由比正雪』『織田信長』といった、彼の言葉を使えば「叛臣伝」の系譜に注がれていた点において、またその伝記作者としての活動がごく短期間に集中していた点において、小泉三申の史伝は、同時代の数多い史伝のなかでも、一閃の光芒と呼ぶにふさわしい際立った存在感を有していたといわなければならない。

二　『偉人史叢』と小泉三申

三申小泉策太郎は、明治五年（一八七二）十一月三日に静岡県賀茂郡三浜村（現在の南伊豆町の一部）に生れた。前掲の「暖窓漫談」には、「申の歳、申の日、申の刻に生れたので、少年の時から三申と号した」とある。その経歴については、本書収録の橋川文三「小泉三申論」（『近代日本政治思想の諸相』所収、一九六八年二月、未来社）にも詳しく紹介されているが、『国民之友』が創刊された明治二十年（一八八七）当時の三申は、まだ十代で、前年の上京から郷里に戻って、母校の小学校の教員を務めていた。教職を辞した後、自由党系の『静岡日報』や村上浪六の食客などを経て、明治二十七年(一八九四)に板垣退助を社長とする『自由新聞』に入社、幸徳秋水、堺枯川らと識り、終生の交りを結ぶことになる。『自由新聞』は、当時は自由党の機関紙で、その入社にあたって、主筆格であった漢詩人の宮崎晴瀾から「新聞記者となる試験論文」を書かされたことが、「暖窓漫談」に次のように記されている。

そこへ行つて、新聞社へ収容してもらひたいといふことを頼むと、「君は静岡県の人だから、由比正雪のことを書いて見ないか」といふ。静岡県の人だから由井正雪のことを知つてゐるといふ理窟はないが、それにヒントを得たといふんだらうね。俄に図書館に出かけて、材料を集め、「慶安騒動私見」と題する続きものを書き、それが晴瀾のお目鏡《めがね》にかなつたといふ訳で、今にして顧みると滑稽なまづいものだが、しかしその時は真剣な気分で書いたに違ひない。

この「慶安騒動私見」は、明治二十七年(一八九四)六月十九日から九月二十二日まで、五十四回にわたって『自由新聞』に掲載された。同じ「暖窓漫談」のなかで三申は、「正雪は前にいつたやうに、自由新聞に「慶安騒動私見」として載せたのを、偉人史叢の単行本とするについて稿をあらためたが、それとて赤面に堪へないまづいものでね、」とも述べている。これが、『偉人史叢』の一冊（臨時発刊）として明治二十九年（一八九六）十二月に刊行された『由比正雪』だが、これと前後して『自由新聞』は『明治新聞』と改題、またこの間に星亭の『めさまし新聞』に関係するなど、日清戦争後に新聞記者としての生活が不安定であったことも、三申を史伝の世界に向かわせる機縁となったと思われる。

『偉人史叢』の発行所裳華房（『偉人史叢』の奥付では「裳華書房」）は、江戸時代の正徳年間頃に、初代伊勢屋半右衛門が仙台で出版活動を営んだことに端を発し、十代目となる芳野兵作が上京して、明治二十八年（一八九五）二月に日本橋本石町に設立した出版書肆である。ふたたび「暖窓漫談」から借りれば、「そのころ島田三郎の毎日新聞に、長田権次郎、偶得と号してね、一の関の産、仙台で新聞記者をしてゐた時に、右の芳野と懇意であつた関係から、二人が相談して、裏長屋に裳華房の看板をあげ、偶得が著述を担当して、偉人史叢と題し、徳川時代の人物史伝を発行したが、もちろん偶得一人の手には余るから、広く原稿を物色し、私の由比正雪もその選に入つた」とある。『偉人史叢』は『十二文豪』と並んで、同時代の「史伝の流行」を背景として誕生し、またその牽引役でもあった。しかし、今日では『十二文豪』ほど知られた存在ではなく、加えて『偉人史叢』の刊行に関する従来の記述にも誤りが少なくないので、現在判明している作品の一覧(刊行年月順)を次に掲げておきたい。

第一巻　長田偶得著『林子平《はやししへい》』(明治二十九年二月)
第二巻　上野南城著『蒲生君平《がもうくんぺい》』(明治二十九年四月)
第三巻　竹内水哉著『伊藤仁斎』(明治二十九年五月)
第四巻　長田偶得著『平田篤胤』(明治二十九年七月)
第五巻　宮部天民著『平野国臣』(明治二十九年七月)
第六巻　水谷不倒著『平賀源内』(明治二十九年八月)
臨時発刊　長田偶得著『近藤重蔵』(明治二十九年八月)
臨時発刊　工藤武重著『柳沢吉保』(明治二十九年十月)
第七巻　横井年魚著『小堀遠州・本阿弥光悦』(明治二十九年十一月)

臨時発刊　小泉三申著『由比正雪』（明治二十九年十二月）
第八巻　国府犀東著『大塩平八郎』（明治二十九年十二月）
第九巻　長田偶得著『高田屋嘉兵衛』（明治二十九年十二月）
第十巻　上野南城著『白河楽翁《しらかわらくおう》』（明治三十年一月）
臨時発刊　桜田大我著『皇陵参拝記』（明治三十年二月）
第十一巻　小泉三申著『加藤清正』（明治三十年二月）
第十二巻　足立栗園著『新井白石』（明治三十年三月）
第十三巻　長田偶得著『高野長英・渡辺崋山』（明治三十年五月）
臨時発刊　小泉三申著『明智光秀』（明治三十年五月）
第十五巻　工藤武重著『水野越前』（明治三十年八月）
第十四巻　国府犀東著『銭屋五兵衛』（明治三十年九月）
第十六巻　小泉三申著『織田信長』前編（明治三十年九月）
第十七巻　権藤高良著『真木《まき》和泉《いずみ》』（明治三十年九月）
第十八巻　紀淑雄著『小《お》山田《やまだ》与清《ともきよ》』（明治三十年十月）
第十六巻　小泉三申著『織田信長』後編（明治三十年十一月）

第十九巻　得能機堂著『上杉謙信』(明治三十年十二月)
第二十巻　長田偶得著『高山彦九郎』(明治三十一年一月)
第二十一巻　町田柳塘著『石川丈山』(明治三十一年二月)
第二輯第一巻　国府犀東著『豊太閤』上巻(明治三十一年六月)
第二輯第二巻　鶴見吐香著『蜀山人』(明治三十一年十月)
臨時発刊　ちゃーるす、ろーゑ近著・村上濁浪訳述『ビスマーク公清話』(明治三十一年十月)
第二輯第三巻　長田偶得著『山鹿素行・大石良雄』(明治三十一年十二月)
第二輯第四巻　竹内水哉著『伊藤東涯』(明治三十二年一月)
臨時発刊　蓮華宝印著『達磨』(明治三十二年九月)
第二輯第五巻　得能文・新海正行合著『中江藤樹』(明治三十三年六月)

この叢書は、「偉人史叢は毎月壱冊二十日を以て発行致候事」「偉人史叢は時々臨時に発刊をなす事」と、雑誌形式の定期刊行を謳っているが、実際には臨時発刊を含めて、発行間隔に多少の疎密が見られる。また、第二輯第五巻の得能文・新海正行合著『中江藤樹』の告知には、「今後刊行すべき史叢は、不定期刊行として」とあるが、これ以降の続刊については、現在のところ確認することができない。各巻巻末の広告によれば、小泉三申著『石田三成』のほか、長田偶得・国府犀東合著『豊臣秀吉』全三冊、長田偶得・国府犀東合著『徳川家康』全三冊、長田偶得・国府犀東合著『伊達政宗』全三冊、桐原刀水著『西郷南洲』、国府犀東著『大久保甲東』、無二庵主人著『木戸松菊』なども予定されていたが、実際には刊行されなかったようである。

このなかで、編輯主任を務めて最も多く筆を執った長田偶得に次ぐのが小泉三申で、すなわち『由比正雪』『加藤清正』『明智光秀』『織田信長』前・後編と、四タイトル五冊を刊行しているから、『偉人史叢』の中心執筆者であったといって過言ではない。後年の回想「暖窓漫談」には、「若い時分、四十年前のことだよ、由比正雪を書いたり、明智光秀を書いたり、その次に三成を書いて、日本の叛臣伝といふやうなものを書いて見ようと考へたことがある。で、三成のことも図書館へ通つて調べ、凡そ腹案もきまつたが、そのうちに著述の方は落第、退却、となつてその志を果す機会を失つて了つた」とあり、三申自身はその「落第、退却」の理由として、著述によっては生活難を解消できなかったことを挙げている。いわば三申の史伝作家・史論家としての仕事は、『偉人史叢』とともに終始したことになるが、ここにいう「叛臣伝」をめぐって、『小泉三中全集』第二巻「加藤清正　由比正雪」(一九四一年六月第一刷、一九八四年六月第二刷、岩波書店)の「巻頭言」において、白柳秀湖《しらやなぎしゅうこ》は次のように記している。

翁の初期の史伝ものに、或は『由比正雪』の如き、或は『明智光秀』の如き、世に叛臣逆徒として指弾擯斥せらるるものの心境に或る程度までの理解を持たうとし、且つその激発の動機に対しても出来得る限り精到緻密な解釈を下さうとしてつとめて居る形跡の著しきものあるは蔽ひ難き事実である。これは翁が少壮深く交りを自由党系の志士・論客・と訂し、常にかの徒の経営する新聞紙に寄稿し、かの徒が閥族政府の厳峻苛酷なる弾圧下に堅くその志操を執つて動かなかつた悲壮の行動を眼のあたりに見つゝ、筆労纔にその口を糊した時代の産物であつた関係上、むしろ当然の結果といつてよいだらう。

白柳秀湖は続けて、「しかし、翁はさうした特殊の立場から、『由比正雪』を書き、『明智光秀』を伝して居る間に、その研究の鑿錐を戦国時代といふ近代文明の黎明期に対するもっと大きい、本格的史観の底流にまで掘下げて行くことが出来た」として、『織田信長』上下を明治史壇における最も大きな収穫の一つとして位置づけている。『明智光秀』と『織田信長』との相次ぐ上梓、――それは橋川文三「小泉三申論」の卓抜な評言を借りれば、「彼は、信長のドラマに感動するのと同じように、光秀のドラマに歴史家としての共感を惜まない。いずれが順、いずれが逆という原理の観点はここにもまた存在しない。いわばそこには、あるすぐれた主情的感動を与えるものへの平衡のとれた共感のみが一貫している。それは、くりかえしていえば人間への共感であってその人間の信奉する「思想」への共感ではない」(傍点は原文)ということにも帰着するだろう。「本能寺の襲撃や、光秀逆を以て克《か》ち、山崎の一戦や、秀吉順を以て克つ。彼《か》の逆を以て克つもの、果たして非なる乎。彼の順を以て克つもの、果して是《ぜ》なる乎。けだし逆といふ、必ずしも至逆にあらず。順といふ、必ずしも至順にあらず。逆中に自《おのず》から順あり、順中に自から逆あり」という『明智光秀』の冒頭の一節は、その最も端的な表現にほかならない。

三　『明智光秀』をめぐって

『偉人史叢』の各巻に掲げられた『明智光秀』の広告に、「曰く其の母を殺せり曰く其の君を弑せりと而して残忍、暴戻悪逆、無道等アラユル悪声は紛々として明智光秀の墓上に下れり」とあるように、明智光秀は長いあいだ日本における奸臣賊子の代名詞のような存在だった。「およそこの明智光秀という存在ほど、正史たると俗書たるとを問わず、江戸時代の歴史叙述の中で主君を弑逆した大罪人、極悪人として、すぐれてモラリッシュな「悪」の烙印をおされた人物はいないだろう」とは、野口武彦「弑逆者の悲劇——明智光秀の文学的造型——」(『新潮』昭和五十一年十二月)の指摘するところである。

それはもとより、大義名分を重んずる徳川幕府の朱子学的道徳主義によるところが大きいが、明治二十年代の「史伝」や人物論の流行を背景に、文学界・歴史界の双方から明智光秀にも新たな目が向けられたことは、戸川残花「明智光秀」(『文学界』第四号、明治二十六年四月)、平田骨仙「明智光秀」(『史海』第二十九号、明治二十六年十一月)などが相次いで書かれていることによっても、うかがうことができる。そこに見出されたのは

「忍ぶに大ひなる人」(戸川残花)、「堅忍の人」(平田骨仙)としての明智光秀にほかならないが、こうした気運のなかで、近代における最初のまとまった伝記となったのが、小泉三申の『明智光秀』であった。ここにおいて、三申の見出した光秀像は、次のような一節に最も端的に現れている。「武田征伐」で衆人のなか信長から詬罵面折された場面に続く箇所である。

更《さ》らに光秀の人物を考察せん。武を以て勝るより、むしろ智を以て勝《ま》さり、智を以て勝るより、むしろ文を以て勝さる。豪放にあらずして謹厚なり。勇猛にあらずして健雅なり。磊落《らいらく》にあらずして文深なり。快活にあらずして沈鬱なり。故にその為す所は、疎落に失せずして、或は矯飾《きょうしょく》に失する也。変通に失せずして、むしろ正直に失する也。

これを一言でいえば、「容忍堅耐の人」ということになるが、『明智光秀』に描かれるのは、「人情の堪《た》ふべきを堪へたり。否《いな》人情の忍び能はざるを忍びたり」というその「容忍堅耐の人」が、「謹厚の人終に謹厚なるを得ず。堅忍の人終に堅忍なるを得ず。断乎として身をも惜しまず、名をも惜しまざるの決心を為す」に至る、苦衷の人間ドラマにほかならない。小泉三申は、最初の史伝『由比正雪』を改稿して、後に新版『由比正雪』(明治四十五年一月、裳華房書店)として刊行するが、そこに序文「由比正雪を読みての当面観」を寄せた鈴木天眼は、「此由比正雪一巻は。叙事穏妥論断平正少年血気の士の作としも覚へざる文趣を具ふるなり」と述べている。この『明智光秀』においても、「その心事、豈にまた憐むべきの至りならずや」という満腔の同情と共感が、「或は曰く」といった沈着な資料の検討と吟味によって裏づけられているところに生ずる緩急自在な文章の味わい、——鈴木天眼のいう「文趣」をこそ読みとるべきだろう。

ここで、右にも引用した本書の本文について触れておきたい。本書は、白柳秀湖・木村毅・林房雄・木村荘八・柳田泉編輯の『小泉三申全集』第一巻(一九三九年十二月第一刷、一九八四年六月第二刷、岩波書店)によっているが、その校訂を担当した白柳秀湖の「巻頭言」に、「本書の句読法は校訂者が、常にその自著に用ひて居る特殊の方式によつたものであるが」とある。ここで「特殊の方式」とは、「彼の築城・軍学・鉄砲・等の名手として、将た典故・公事・文学・の精通として」(「家系及び六年の周遊」)などの並列の符号の用法を主に指しているが、本書では通用に従い、「彼の築城・軍学・鉄砲等の名手として、はた典故・公事・文学の精通として」のように訂した(原著にはほとんど句読点は打たれておらず、「◎」「△」などのさまざまな圏点が多用されている)。また、「史的事実への方面にも二・三脚註として考証を加へて置いた方がよいと思はれる箇所もあつた」とあるように、「(校訂者曰く)」と注記された箇所が散見されるが、これも白柳秀湖によるものである。

さらに白柳秀湖は、「最後に本書の検閲にかゝるところは、時勢に対する当局の御苦心を察し、校訂者の一存で出来得る限り原文の意味を変改せぬ範囲内で、その表現だけを改めさせて貰ふこととした」とも述べている。具体的には、主に本能寺の変の後の「京畿の仁政」において、「当時の所謂朝廷の地位権勢は既に全く陵夷頽廃して僅かに皇室なる一貴族の存在を示すに過ぎず」を「当時の所謂《いわゆる》朝廷の地位権勢は、既に全く陵夷《りょうい》して僅かに皇室なる御身分の存在を示さるゝに過ぎず」に、「朝廷其の威武を憚かりて将軍の位記を賜ふに至る」を「朝廷これを綏撫《すいぶ》し、恭順の誠を致させしめんが為に将軍の位記を賜ふに至る」に、木曾義仲について「朝廷其の暴横を怖れて将軍に補せりき」を「朝廷その驕暴《きょうぼう》を矯《た》めんが為めに、恩を施して将軍に補せりき」に改めるなど、朝廷の権威にかかわる記述に白柳秀湖の手が加えられていることを確認できる。ちなみに、昭和十四年(一九三九)から十七年(一九四二)にかけて刊行されたこの『小泉三中全集』自体、当初の六巻の予定が四巻で終わっているのも、時局に関わる検閲や出版事情によるものと考えられる。

ところで、同じ「巻頭言」のなかで白柳秀湖は、「校訂者がこの仕事を進めて行く中に最も感心したことは、翁の『学』であつた」と述べている。ここで「学」というのは「資料の実否を考証し、これを手際よく按排する仕事」を指しているが、白柳秀湖は、「翁の博覧強記にして、資料の選択と事物の考証とに忠篤なる」ことに、いまさらながら驚いたという。実際、『明智光秀』には、巻頭の「家系及び六年の周遊」において、「新編纂図土岐系」「明智系図」「若狭守護代年数」が挙げられているが、近年の藤田達生・福島克彦編『明智光秀　史料で読む戦国史』(二〇一五年十月、八木書店)において、光秀の出自に関する関係系図として注記されているのが、「続群書類従本土岐系図」「明智一族宮城家相伝系図書」「鈴木叢書本明智系図」「系図纂要」であることに照らせば、この時点における小泉三中がいかに資料の博捜に努めていたかを、うかがうに足る。

『明智光秀』には、このほかにも正史と俗書とを問わず多くの資料が援用されているが、そのなかで主に参照されているのが『明智軍記』(『明智記』)であることは、いうまでもない。『明智軍記』は、明智光秀の事蹟を年代を追って記した全十巻の軍記で、元禄年間に刊行された作者不詳のものである。「史料的価値には乏しいが類書も少ないので便宜使用される」(岩沢愿彦「明智軍記」、『国史大辞典』第一巻、昭和五十四年三月、吉川弘文館)とされ、本文の叙述から小泉三中もまずはこれに拠っていることが知られるが、ここでは、「光秀、信長に仕ふ」から、光秀が初めて信長に見参した日の一節を、『明智光秀』および『明智軍記』から掲げておきたい。『明智軍記』からの引用は、二木謙一監修・校注『明智軍記』(一九九五年二月、新人物往来社)の翻刻による。

　永禄九年十月九日は、光秀が初めて信長に見参せる当日なり。猪子兵助《いのこひょうすけ》間に居て周旋せり。光秀祝賀として、菊酒の樽五荷、鮭の塩引の簀巻二十を献じ、かつその従妹に縁《よ》りて、別に大滝の髻結紙《もとゆいがみ》三十帖、府中の雲紙千枚、戸の口の網代組《あじろぐみ》の硯箱・文箱・香炉等の雑品五十個を夫人斎藤氏に献上せり。信長、光秀を一見して、その閑雅なる態度と、明快なる弁舌とを愛し、濃州安八郡に四千二百貫の欠所ありけるを、堪忍分として賜はり、士隊長に列せしめぬ。光秀時に年三十九。

永禄九年十月九日、越前ヨリ濃州岐阜ヘゾ参《リ》ケル。其比《ノ》、光秀三十九トカヤ。即《チ》、以《テ》猪子《ヰノコ》兵助《ヲ》、御目見《メミヘ》申上ケリ。其刻《ノミ》、持参《ヂサン》申ニヨリ為祝儀《シウギト》、菊酒《キクザケ》ノ樽《タル》五荷《カ》、鮭《サケ》ノ塩引《シホビキ》ノ簀《ス》巻《マキ》二十献上ス。又、信長ノ御内所《ナイシヨ》ノ局《ツボネ》ハ、光秀ガ従弟《イトコ》ナルノ故、以《テ》別儀《ヲ》御台所《ミダイトコロ》へ宮笥《ミヤゲ》トシテ、住国大滝《ヂユウコクヲホダキ》ノ髻結紙《モトユヒカミ》三十帖《デフ》、府《フ》中《チウ》ノ雲《クモ》紙千枚、戸口《トノクチ》ノ網代《アジロ》組《グミ》ノ硯筥《スリハコ》・文笈《フミバコ》・香爐《カウロ》箱類《バコルイ》ノ物五十進覧《シンラン》シケリ。信長、明智ガ滑稽《コッケイ》ナル挙動《フルマヒ》ヲ御覧《ラン》シテ、濃州安八郡《アンハツノコホリ》ニ四千二百貫ノ闕所《ケツシヨ》ノ在《リ》ケルヲ、十兵衛ニゾ下サレケル。

したがって、光秀の伝記の大略を『明智軍記』から採り、「或曰く、天正三年七月従五位下日向守となると」(「坂本拝領及び惟任氏」)など、諸種の資料を突き合わせて編まれたのが、小泉三申の『明智光秀』ということになる(ちなみに、この天正三年日向守受領は、『信長公記』に拠っている)。本書では、三申の参照した資料が正確には特定できないので、明らかな誤植と判断される箇所を除いて、本文には手を入れていない(右の引用中、『明智光秀』は「菊酒の樽」を「葡萄の樽」とするが、誤植と判断して改めた)。後年の馬場恒吾「小泉策太郎論」(『中央公論』昭和四年二月)には、史伝執筆当時のこととして、「此等の著書は汎べて上野の図書館で作られた。小泉は其頃は書物を買う余裕などはなかつたのであるから、図書館の本を見て著述する外はなかつた。半年ばかり図書館の茶呑所で、毎日顔を合はせる男があつた。後に名乗り合つて見るとそれは当時已に有名になつてゐた久津見蕨村であつた」という記述もあるが、『明智光秀』もそのような毎日の営為からできあがった一冊であった。

なお、『小泉三申全集』第四巻「史的小品集」（一九四二年十一月第一刷、一九八四年六月第二刷、岩波書店）の「巻頭言」において、白柳秀湖は編纂のために集められた「本巻の原稿」について、「段々整理をすゝめて行つて見ると、左記の三篇は既刊第二巻（織田信長・明智光秀・）第三巻（加藤清正・由比正雪・）と重複する内容のものであるので、躊躇するところなくこれを除外することとした」として、その一つに「清秋所思（明智光秀に関する史談）明治二十八年頃の作」をあげている。『明智光秀』の腹案ないし初稿と考えられるものだが、三申の関係した『自由新聞』『めさまし新聞』の確認できる号には、見出すことができなかった。これらの史伝作家・史論家としての小泉三申が、のちに政界の策士と評されるにいたる起伏に富んだ足跡と、「人間の精通者」としての人物像については、橋川文三「小泉三申論」に譲りたい。

〔編集付記〕

一　本書は、『小泉三申全集』第一巻(二刷、一九八四年六月、岩波書店)に収載された「明智光秀」を底本とした。

一　原則として、漢字は新字体に改めた。

一　読みにくい語、読み誤りやすい語には、適宜、現代仮名づかいで振り仮名を付した。

一　漢字語のうち、使用頻度の高い語を一定の枠内で平仮名に改めた。平仮名を漢字に変えることは行わなかった。

一　明らかな誤記・誤植はこれを訂した。

一　橋川文三「小泉三申論」(『橋川文三著作集』増補版、3巻、二〇〇〇年十二月、筑摩書房)を巻末に掲載した。本論文は、『近代日本政治思想の諸相』(一九六八年二月、未来社)に収録された。小泉三申の経歴に関する記述の一部を、事実に即して訂正した箇所がある。

一　本文中に、今日からすると不適切な表現があるが、原文の歴史性を考慮してそのままとした。

(岩波文庫編集部)

明智光秀《あけちみつひで》

2019年10月16日　第1刷発行
2020年 1 月24日　第2刷発行

著　者　小泉三申《こいずみさんしん》

発行者　岡本　厚

発行所　株式会社 岩波書店
〒101-8002 東京都千代田区一ツ橋 2-5-5
案内 03-5210-4000　営業部 03-5210-4111
文庫編集部 03-5210-4051
https://www.iwanami.co.jp/

印刷・精興社　製本・中永製本

ISBN 978-4-00-312231-0　Printed in Japan

読書子に寄す

——岩波文庫発刊に際して——

岩波茂雄

真理は万人によって求められることを自ら欲し、芸術は万人によって愛されることを自ら望む。かつては民を愚昧ならしめるために学芸が最も狭き堂宇に閉鎖されたことがあった。今や知識と美とを特権階級の独占より奪い返すことはつねに進取的なる民衆の切実なる要求である。岩波文庫はこの要求に応じそれに励まされて生まれた。それは生命ある不朽の書を少数者の書斎と研究室とより解放して街頭にくまなく立たしめ民衆に伍せしめるであろう。近時大量生産予約出版の流行を見る。その広告宣伝の狂態はしばらくおくも、後代にのこすと誇称する全集がその編集に万全の用意をなしたるか。千古の典籍の翻訳企図に敬虔の態度を欠かざりしか。さらに分売を許さず読者を繋縛して数十冊を強うるがごとき、はたしてその揚言する学芸解放のゆえんなりや。吾人は天下の名士の声に和してこれを推挙するに躊躇するものである。このときにあたって、岩波書店は自己の責務のいよいよ重大なるを思い、従来の方針の徹底を期するため、すでに十数年以前より志して来た計画を慎重審議この際断然実行することにした。吾人は範をかのレクラム文庫にとり、古今東西にわたって文芸・哲学・社会科学・自然科学等種類のいかんを問わず、いやしくも万人の必読すべき真に古典的価値ある書をきわめて簡易なる形式において逐次刊行し、あらゆる人間に須要なる生活向上の資料、生活批判の原理を提供せんと欲する。この文庫は予約出版の方法を排したるがゆえに、読者は自己の欲する時に自己の欲する書物を各個に自由に選択することができる。携帯に便にして価格の低きを最主とするがゆえに、外観を顧みざるも内容に至っては厳選最も力を尽くし、従来の岩波出版物の特色をますます発揮せしめようとする。この計画たるや世間の一時の投機的なるものと異なり、永遠の事業として吾人は微力を傾倒し、あらゆる犠牲を忍んで今後永久に継続発展せしめ、もって文庫の使命を遺憾なく果たさしめることを期する。芸術を愛し知識を求むる士の自ら進んでこの挙に参加し、希望と忠言とを寄せられることは吾人の熱望するところである。その性質上経済的には最も困難多きこの事業にあえて当たらんとする吾人の志を諒として、その達成のため世の読書子とのうるわしき共同を期待する。

昭和二年七月

《日本文学(古典)》〔黄〕

古事記 倉野憲司校注
記紀歌謡集 武田祐吉校註
日本書紀 全五冊 坂本太郎・家永三郎・井上光貞・大野晋校注
万葉集 全五冊 佐竹昭広・山田英雄・工藤力男・大谷雅夫・山崎福之校注
原文 万葉集 全二冊 佐竹昭広・山田英雄・工藤力男・大谷雅夫・山崎福之校注
竹取物語 阪倉篤義校訂
伊勢物語 大津有一校注
玉造小町子壮衰書 —小野小町物語 杤尾武校注
古今和歌集 佐伯梅友校注
土左日記 紀貫之 鈴木知太郎校注
蜻蛉日記 今西祐一郎校注
源氏物語 全九冊(既刊四冊) 柳井滋・室伏信助・大朝雄二・鈴木日出男・藤井貞和・今西祐一郎校注
枕草子 池田亀鑑校訂
和泉式部日記 清水文雄校注
和泉式部集・和泉式部続集 清水文雄校注
更級日記 西下経一校注

今昔物語集 全四冊 池上洵一編
三条西家本 栄花物語 全三冊 三条西公正校訂
堤中納言物語 大槻修校注
西行全歌集 久保田淳・吉野朋美校注
梅沢本 古本説話集 川口久雄校訂
後撰和歌集 松田武夫校訂
古語拾遺 斎部広成撰 西宮一民校注
王朝物語秀歌選 全二冊 樋口芳麻呂校注
倭漢朗詠集 山田孝雄校訂
落窪物語 藤井貞和校注
新訂 方丈記 市古貞次校注
新訂 新古今和歌集 佐佐木信綱校訂
金槐和歌集 源実朝 斎藤茂吉校訂
新訂 徒然草 西尾実・安良岡康作校注
平家物語 全四冊 梶原正昭・山下宏明校注
神皇正統記 北畠親房 岩佐正校注
御伽草子 全二冊 市古貞次校注

王朝秀歌選 樋口芳麻呂校注
わらんべ草 大蔵虎明 笹野堅校訂
千載和歌集 藤原俊成撰 久保田淳校注
謡曲選集 読む能の本 野上豊一郎編
東関紀行・海道記 玉井幸助校訂
おもろさうし 外間守善校注
太平記 全六冊 兵藤裕己校注
好色五人女 井原西鶴 東明雅校註
武道伝来記 井原西鶴 横山重・前田金五郎校注
西鶴文反古 井原西鶴 片岡良一校訂
芭蕉紀行文集 付 嵯峨日記 中村俊定校注
芭蕉 おくのほそ道 付 曾良旅日記・奥細道菅菰抄 萩原恭男校注
芭蕉俳句集 中村俊定校注
芭蕉連句集 中村俊定・萩原恭男校注
芭蕉文集 潁原退蔵編註
芭蕉俳文集 全二冊 堀切実編注
芭蕉自筆 奥の細道 上野洋三・櫻井武次郎校注

蕪村俳句集 付 春風馬堤曲 他二篇　尾形仂校注
蕪村書簡集　大谷篤蔵・藤田真一校注
蕪村七部集　伊藤松宇校訂
蕪村文集　藤田真一編注
国性爺合戦・鑓の権三重帷子　近松門左衛門／和田万吉校訂
折たく柴の記　新井白石／松村明校注
東海道四谷怪談　鶴屋南北／河竹繁俊校訂
鶉衣 全二冊　横井也有／堀切実校注
近世畸人伝　伴蒿蹊／森銑三校註
うひ山ふみ・鈴屋答問録　本居宣長／村岡典嗣校訂
排蘆小船・石上私淑言 —宣長「物のあはれ」歌論　本居宣長／子安宣邦校注
雨月物語　上田秋成／長島弘明校注
訳註 良寛詩集　大島花束・原田勘平訳註
新訂 一茶俳句集　丸山一彦校注
一茶 父の終焉日記・おらが春 他一篇　矢羽勝幸校注
増補 俳諧歳時記栞草 全二冊　曲亭馬琴編／藍亭青藍補／堀切実校注
近世物之本江戸作者部類　曲亭馬琴／徳田武校注

北越雪譜　鈴木牧之編撰／京山人百樹刪定／岡田武松校訂
東海道中膝栗毛 全二冊　十返舎一九／麻生磯次校注
浮世床　式亭三馬／和田万吉校訂
日本外史 全三冊　頼山陽／頼成一・頼惟勤訳
梅暦 全二冊　為永春水／古川久校訂
日本民謡集　町田嘉章・浅野建二編
誹諧 武玉川 全四冊　山澤英雄校訂
芭蕉臨終記 花屋日記 付 芭蕉翁終焉記・前後日記・行状記　小宮豊隆校訂
醒睡笑 全二冊　安楽庵策伝／鈴木棠三校注
俳家奇人談・続俳家奇人談　竹内玄玄一／雲英末雄校注
砂払 —江戸小百科 全二冊　山中共古／中野三敏校訂
与話情浮名横櫛 切られ与三　瀬川如皐／河竹繁俊校訂
江戸怪談集 全三冊　高田衛編・校注
色道諸分 難波鉦 —遊女評判記　酉水庵無底居士／中野三敏校注
弁天小僧・鳩の平右衛門　黙阿弥／河竹繁俊校訂
実録先代萩　黙阿弥／河竹繁俊校訂
橘曙覧全歌集　水島直文・橋本政宣編注

嬉遊笑覧 全五冊　喜多村筠庭／長谷川強・江本裕・渡辺守邦・岡雅彦・花田富二夫・石川了校訂
万治絵入本 伊曾保物語　武藤禎夫校注
鬼貫句選・独ごと　復本一郎校注
井月句集　復本一郎編
江戸端唄集　倉田喜弘編

《日本思想》〔青〕

風姿花伝 (花伝書)　世阿弥／野上豊一郎・西尾実校訂
世阿弥 申楽談儀　表章校註
五輪書　宮本武蔵／渡辺一郎校注
政談　荻生徂徠／辻達也校注
葉隠 全三冊　山本常朝／和辻哲郎・古川哲史校訂
童子問　伊藤仁斎／清水茂校注
養生訓・和俗童子訓　貝原益軒／石川謙校訂
貝原益軒 大和俗訓　石川謙校訂
都鄙問答　石田梅岩／足立栗園校訂
町人嚢・百姓嚢・長崎夜話草　西川如見／飯島忠夫・西川忠幸校訂
日本水土考・水土解弁・増補華夷通商考　西川如見／飯島忠夫・西川忠幸校訂

- 蘭学事始　杉田玄白／緒方富雄校註
- 吉田松陰書簡集　広瀬豊編
- 島津斉彬言行録　牧野伸顕序
- 塵劫記　吉田光由／大矢真一校注
- 兵法家伝書 付 新陰流兵法目録事　柳生宗矩／渡辺一郎校注
- 南方録　西山松之助校注
- 長崎版 どちりな きりしたん　海老沢有道校註
- 上宮聖徳法王帝説　東野治之校注
- 仙境異聞・勝五郎再生記聞　平田篤胤／子安宣邦校注
- 茶湯一会集・閑夜茶話　井伊直弼／戸田勝久校注
- 新訂 海舟座談　巌本善治編／勝部真長校注
- 西郷南洲遺訓 附 手抄言志録及遺文　山田済斎編
- 文明論之概略　福沢諭吉／松沢弘陽校注
- 新訂 福翁自伝　富田正文校訂
- 学問のすゝめ　福沢諭吉
- 日本道徳論　西村茂樹／吉田熊次校
- 新島襄の手紙　同志社編

- 新島襄 教育宗教論集　同志社編
- 近時政論考　陸羯南
- 日本の下層社会　横山源之助
- 中江兆民 三酔人経綸問答　桑原武夫／島田虔次訳・校注
- 新訂 蹇蹇録 —日清戦争外交秘録　陸奥宗光／中塚明校注
- 茶の本　岡倉覚三／村岡博訳
- 新撰讃美歌　植村正久／奥野昌綱／松山高吉編
- 武士道　新渡戸稲造／矢内原忠雄訳
- 余はいかにしてキリスト信徒となりしか　内村鑑三／鈴木範久訳
- 代表的日本人　内村鑑三／鈴木範久訳
- 後世への最大遺物・デンマルク国の話　内村鑑三
- 求安録　内村鑑三
- 宗教座談　内村鑑三
- ヨブ記講演　内村鑑三
- 足利尊氏　山路愛山
- 豊臣秀吉 全二冊　山路愛山
- 善の研究　西田幾多郎

- 西田幾多郎哲学論集 II —論理と生命 他四篇　上田閑照編
- 西田幾多郎随筆集　上田閑照編
- 帝国主義　幸徳秋水／山泉進校注
- 麺麭の略取　クロポトキン／幸徳秋水訳
- 日本の労働運動　片山潜
- 吉野作造評論集　岡義武編
- 貧乏物語　河上肇／大内兵衛解題
- 河上肇評論集　杉原四郎編
- 西欧紀行 祖国を顧みて　河上肇
- 中国文明論集　宮崎市定／礪波護編
- 中国史 全二冊　宮崎市定
- 大杉栄評論集　飛鳥井雅道編
- 女工哀史　細井和喜蔵
- 奴隷 —小説・女工哀史1　細井和喜蔵
- 工場 —小説・女工哀史2　細井和喜蔵
- 初版 日本資本主義発達史 全二冊　野呂栄太郎
- 寒村自伝 全二冊　荒畑寒村

遠野物語・山の人生　柳田国男
青年と学問　柳田国男
木綿以前の事　柳田国男
こども風土記・母の手毬歌　柳田国男
不幸なる芸術・笑の本願　柳田国男
海上の道　柳田国男
婚姻の話　柳田国男
都市と農村　柳田国男
十二支考　全二冊　南方熊楠
特命全権大使 米欧回覧実記　全五冊　久米邦武編　田中彰校注
明治維新史研究　羽仁五郎
古寺巡礼　和辻哲郎
風土 —人間学的考察　和辻哲郎
イタリア古寺巡礼　和辻哲郎
日本精神史研究　和辻哲郎
和辻哲郎随筆集　坂部恵編
倫理学　全四冊　和辻哲郎

人間の学としての倫理学　和辻哲郎
日本倫理思想史　全四冊　和辻哲郎
時と永遠 他八篇　波多野精一
宗教哲学序論・宗教哲学　波多野精一
「いき」の構造 他二篇　九鬼周造
九鬼周造随筆集　菅野昭正編
偶然性の問題　九鬼周造
時間論 他二篇　九鬼周造　小浜善信編
人間と実存　九鬼周造
復讐と法律　穂積陳重
パスカルにおける人間の研究　三木清
古代国語の音韻に就いて 他二篇　橋本進吉
漱石詩注　吉川幸次郎
吉田松陰　徳富蘇峰
林達夫評論集　中川久定編
新版 きけわだつみのこえ —日本戦没学生の手記　日本戦没学生記念会編
新版 第二集 きけわだつみのこえ —日本戦没学生の手記　日本戦没学生記念会編

君たちはどう生きるか　吉野源三郎
地震・憲兵・火事・巡査　山崎今朝弥　森長英三郎編
懐旧九十年　石黒忠悳
武家の女性　山川菊栄
わが住む村　山川菊栄
山川菊栄評論集　鈴木裕子編
覚書 幕末の水戸藩　山川菊栄
おんな二代の記　山川菊栄
忘れられた日本人　宮本常一
家郷の訓　宮本常一
大阪と堺　三浦周行　朝尾直弘編
新編 歴史と人物　三浦周行　林屋辰三郎　朝尾直弘編
国家と宗教 —ヨーロッパ精神史の研究　南原繁
石橋湛山評論集　松尾尊兊編
湛山回想　石橋湛山
民藝四十年　柳宗悦
手仕事の日本　柳宗悦

南無阿弥陀仏 付 心偈　柳 宗悦
柳宗悦 民藝紀行　水尾比呂志編
柳宗悦 妙好人論集　寿岳文章編
雨夜譚 —渋沢栄一自伝　長 幸男校注
中世の文学伝統　風巻景次郎
日本の民家　今 和次郎
倫敦《ロンドン》！ 倫敦《ロンドン》？　長谷川如是閑
原爆の子 —広島の少年少女のうったえ 全二冊　長田 新編
大津事件 —ロシア皇太子大津遭難　尾佐竹 猛 三谷太一郎校注
幕末遣外使節物語 夷狄の国へ　尾佐竹 猛 吉良芳恵校注
古典学入門　池田亀鑑
イスラーム文化 —その根柢にあるもの　井筒俊彦
意識と本質 —精神的東洋を索めて　井筒俊彦
神秘哲学 —ギリシアの部　井筒俊彦
意味の深みへ —東洋哲学の水位　井筒俊彦
幕末政治家　福地桜痴 佐々木潤之介校注
渡辺一夫評論選 狂気について 他二十二篇　大江健三郎 清水 徹編

維新旧幕比較論　木下真弘 宮地正人校注
被差別部落一千年史　高橋貞樹 沖浦和光校注
花田清輝評論集　粉川哲夫編
新版 河童駒引考 —比較民族学的研究　石田英一郎
ヨオロッパの世紀末　吉田健一
英国の近代文学　吉田健一
訳詩集 葡萄酒の色　吉田健一訳
山びこ学校　無着成恭編
古琉球　伊波普猷 外間守善校訂
福沢諭吉の哲学 他六篇　丸山眞男 松沢弘陽編
政治の世界 他十篇　丸山眞男 松本礼二編注
超国家主義の論理と心理 他八篇　丸山眞男 古矢 旬編
娘巡礼記　高群逸枝 堀場清子校注
田中正造文集 全二冊　由井正臣 小松 裕編
唐詩概説　小川環樹
国語学原論 続篇　時枝誠記
国語学史　時枝誠記

定本 育児の百科 全三冊　松田道雄
ある老学徒の手記　鳥居龍蔵
大西祝選集 全三冊　小坂国継編
哲学の三つの伝統 他十二篇　野田又夫
信仰の遺産　岩下壮一
わたしの「女工哀史」　高井としを
中国近世史　内藤湖南
大隈重信演説談話集　早稲田大学編
大隈重信自叙伝　早稲田大学編
通論考古学　濱田耕作
転回期の政治　宮沢俊義
世界の共同主観的存在構造　廣松 渉
何が私をこうさせたか —獄中手記　金子文子
明治維新　遠山茂樹
禅海一瀾講話　釈 宗演
明治政治史　岡 義武

《日本文学(現代)》〔緑〕

怪談 牡丹燈籠　三遊亭円朝
真景累ヶ淵　三遊亭円朝
塩原多助一代記　三遊亭円朝
小説神髄　坪内逍遥
当世書生気質　坪内逍遥
役の行者　坪内逍遥
ウィタ・セクスアリス　森鷗外
青年　森鷗外
山椒大夫・高瀬舟 他四篇　森鷗外
渋江抽斎　森鷗外
妄想 他三篇　森鷗外
舞姫・うたかたの記 他三篇　森鷗外
ファウスト 全二冊　森林太郎訳
みれん　シュニッツラー　森鷗外訳
森鷗外 椋鳥通信 全三冊　池内紀編注
浮雲　二葉亭四迷　十川信介校注

其面影　二葉亭四迷
今戸心中 他二篇　広津柳浪
河内屋・黒蜴蜓 他一篇　広津柳浪
野菊の墓 他四篇　伊藤左千夫
漱石文芸論集　磯田光一編
吾輩は猫である　夏目漱石
坊っちゃん　夏目漱石
草枕　夏目漱石
虞美人草　夏目漱石
三四郎　夏目漱石
それから　夏目漱石
門　夏目漱石
彼岸過迄　夏目漱石
行人　夏目漱石
こころ　夏目漱石
硝子戸の中　夏目漱石
道草　夏目漱石

明暗　夏目漱石
思い出す事など 他七篇　夏目漱石
文学評論 全二冊　夏目漱石
夢十夜 他二篇　夏目漱石
漱石文明論集　三好行雄編
倫敦塔・幻影の盾 他五篇　夏目漱石
漱石日記　平岡敏夫編
漱石書簡集　三好行雄編
漱石俳句集　坪内稔典編
漱石・子規往復書簡集　和田茂樹編
文学論 全二冊　夏目漱石
坑夫　夏目漱石
漱石紀行文集　藤井淑禎編
二百十日・野分　夏目漱石
五重塔　幸田露伴
運命 他一篇　幸田露伴
努力論　幸田露伴